Meurtre sur le Grandvaux

J'AI LU

BERNARD CLAVEL

Romans	
Le tonnerre de Dieu	*J'ai lu* 290/1
(Qui m'emporte)	
L'ouvrier de la nuit	
L'Espagnol	*J'ai lu* 309/4
Malataverne	*J'ai lu* 324/1
Le voyage du père	*J'ai lu* 300/1
L'hercule sur la place	*J'ai lu* 333/3
L'espion aux yeux verts	*J'ai lu* 499/2
Le tambour du bief	*J'ai lu* 457/2
Le seigneur du Fleuve	*J'ai lu* 590/3
Le silence des armes	*J'ai lu* 742/3
Tiennot	*J'ai lu* 1099/1
L'homme du Labrador	*J'ai lu* 1566/2
Quand j'étais capitaine	*J'ai lu* 3423/3
Meurtre sur le Grandvaux	*J'ai lu* 3605/3
La révolte à deux sous	
Cargo pour l'enfer	
La bourrelle	*J'ai lu* 3659/1 *(avril 94)*
L'Iroquoise	*J'ai lu* 3700/1 *(juin 94)*
LE ROYAUME DU NORD	
Harricana	*J'ai lu* 2153/4
L'or de la terre	*J'ai lu* 2328/4
Miséréré	*J'ai lu* 2540/4
Amarok	*J'ai lu* 2764/3
L'angélus du soir	*J'ai lu* 2982/3
Maudits sauvages	*J'ai lu* 3170/4
LA GRANDE PATIENCE	
I. La maison des autres	*J'ai lu* 522/4
II. Celui qui voulait voir la mer	*J'ai lu* 523/4
III. Le cœur des vivants	*J'ai lu* 524/4
IV. Les fruits de l'hiver	*J'ai lu* 525/4
(Prix Goncourt 1968)	
LES COLONNES DU CIEL	
I. La saison des loups	*J'ai lu* 1235/3
II. La lumière du lac	*J'ai lu* 1306/4
III. La femme de guerre	*J'ai lu* 1356/3
IV. Marie Bon Pain	*J'ai lu* 1422/3
V. Compagnons du Nouveau-Monde	*J'ai lu* 1503/3
Divers	
Le massacre des innocents	*J'ai lu* 474/1
Pirates du Rhône	*J'ai lu* 658/1
Paul Gauguin	
Léonard de Vinci	
L'arbre qui chante	
Victoire au Mans	*J'ai lu* 611/2
Lettre à un képi blanc	*J'ai lu* D 100/1
Le voyage de la boule de neige	
Écrit sur la neige	*J'ai lu* 916/3
Le Rhône	
L'ami Pierre	
La maison du canard bleu	
Bonlieu ou le silence des nymphes	
Légendes des lacs et des rivières	
Légendes de la mer	
Légendes des montagnes et des forêts	
Terres de mémoire	*J'ai lu* 1729/2
Bernard Clavel, qui êtes-vous?	*J'ai lu* 1895/2
Le grand voyage de Quick Beaver	

Bernard Clavel

Meurtre sur le Grandvaux

Éditions J'ai lu

Pour Andrée et pour Yves Droz
en souvenir des neiges partagées.

B. C.

Ce livre est un roman, donc une œuvre d'imagination. Pourtant, je connais fort bien le lieu où sont enterrés mes personnages. Je vais souvent me recueillir au fond de la combe où ils dorment dans l'oubli. Je le fais la nuit, en cachette, car personne que moi ne sait qu'ils ont vécu là et qu'ils y sont encore.

1844

PREMIÈRE PARTIE

Le retour du roulier

1

Le char lourdement chargé quitte le chemin boueux aux ornières profondes pour s'engager sur l'empierrement grossier qui conduit en pente douce jusqu'à la cour de la ferme. Ambroise Reverchon tire légèrement sur la bride et Nestor creuse les reins. Sa croupe se gonfle, occupant à pleine largeur la limonière. Au bruit des grelots et des bandages ferrés dans la caillasse, la porte s'ouvre. La silhouette d'Emilienne se découpe sur la lueur du foyer situé au fond de la pièce, dans l'axe de l'entrée.

— C'est vous, père ?

— Ouvre la grange !

La lune à son premier quartier se trouve à deux mains au-dessus de la toiture dont les tavaillons réguliers luisent comme des écailles de poisson. L'ombre portée de la bâtisse trapue s'allonge jusqu'à mi-pente. Les deux battants du large portail sont à peine ouverts que le char atteint déjà le replat. La clarté de sa lanterne éclaire au passage le visage et les cheveux blonds d'Emilienne.

A peine essoufflé, Ambroise lance :

— Tu devais bien penser que c'était pas le pape. T'as pas reconnu les sonnailles ?

— D'habitude le chien vient longtemps avant. Où il est ?

L'homme siffle un coup bref. Un gros chien sombre qui était resté en retrait vient se coller contre sa jambe.

— Couché, Rognard ! T'approche pas, l'est pas commode. Faut qu'il te connaisse.

— Qu'est-ce que c'est ? Où est notre Finaud ?

— Mort. C'est celui-là qui l'a tué. Mais il avait cherché. Je te raconterai... Eclaire-moi.

Emilienne décroche la lanterne de la voiture pour en diriger le faisceau tremblotant vers les mains que son père porte aux harnais. D'une voix calme, elle annonce :

— La mère est morte.

Sans lâcher la sangle qu'il allait déboucler, Ambroise Reverchon tourne la tête. Il relève d'un geste sec de sa main gauche son large feutre et découvre un front bas, strié de rides profondes, où la sueur colle des mèches poivre et sel. La broussaille d'une barbe de même couleur dévore tout le bas du visage. Ses lèvres serrées disparaissent sous la moustache qui rejoint la barbe. La lanterne plante un clou de cuivre dans ses prunelles sombres.

— Quand ça ?

— Le six de janvier. C'était gelé à roc. La

bière est restée plus de trois mois là-haut. Ça fait à peine deux semaines qu'elle est en terre.

Le Grandvallier se découvre le temps de se signer et se remet à dételer. Le cheval, un gros comtois rouquin tout paisible, tend le col et pointe le nez vers la paille. L'homme le sort des limons et le laisse s'en aller seul vers l'écurie. Il s'approche gauchement de sa fille qui tient toujours la lanterne :

— Tout de même !

Ils s'étreignent. Emilienne renifle en grognant :

— Ça m'a paru long. La sentir comme ça sur ma tête, dans sa boîte en sapin.

— Je veux bien croire.

Ils s'écartent l'un de l'autre et, comme la jeune fille se dirige vers la petite porte donnant accès à la cuisine, son père dit :

— Donne-moi la lumière, je veux voir les bêtes.

— Je vais avec vous... Pouvez être tranquille, elles ont jamais pâti.

— J'y compte bien. Si à passé vingt ans tu laissais endurer mes bêtes...

Ils entrent dans l'écurie où Nestor s'est immobilisé au centre du passage. Ambroise le pousse vers son box. Rognard ne quitte pas l'homme d'un pouce. Emilienne abaisse la lanterne pour mieux le voir, noir et luisant avec des taches fauves aux pattes, à la gueule et une toute petite au-dessus de chaque œil.

— Quand je pense qu'il a tué notre Finaud !

— C'était une teigne, tu sais bien. Toujours à

chercher. Ben, à force de chercher, il a fini par trouver. Ça devait arriver. Le maître de celui-là m'a dit : je peux pas te payer ton chien. J'ai dit : je veux pas de tes sous, je veux ton chien. Ça s'est fait comme ça, devant une chope de bière.

Ayant terminé de bouchonner son cheval, Ambroise emplit le râtelier puis examine les sept vaches, le taureau et une vieille jument grise qui frotte sa tête contre son épaule.

— C'est bon, fait-il.

Sa fille reprend le chemin de la cuisine. Il la suit. Au milieu de la grange, il demande :

— Comment elle est morte ?

— Sûrement qu'elle a pris froid un soir, en allant à la fruitière. Y avait eu un coup d'humidité sur la neige. J'ai tout essayé : le vin sucré, le pain blanc, la gentiane. Même la Marie au Gustave est venue la saigner.

Ils entrent dans la cuisine et Emilienne va recharger le foyer. Elle tire la crémaillère pivotante où elle suspend une marmite de fonte.

— La soupe sera vite chaude.

Le feu pétille un moment, puis une flamme se hausse pour lécher le cul du chaudron. La fille se retourne. Presque aussi grande que son père, elle a, comme lui, un long visage un peu maigre. Sa bouche est charnue sous un nez très mince et pointu. Ses yeux bleus reflètent un peu d'inquiétude. Ambroise, qui vient de tirer le banc, l'enfourche et s'assied, le coude gauche sur la longue table, le visage tourné vers l'âtre.

Le chien est toujours contre sa jambe. Ses petits yeux bruns vont de son maître à cette inconnue, découvrant parfois un croissant tout blanc à l'angle ou en dessous. Sa gueule ouverte montre des crocs pointus et une langue qui vibre au rythme de son souffle.

— Il a une drôle de tête, dit Emilienne.

— C'est un rusé. Là-bas, dans le sud de l'Allemagne, où j'l'ai trouvé, ils leur font traîner des petites carrioles avec des berthes à lait. C'est des solides, tu peux croire. Notre rossard, il lui a cassé les reins comme à un lapin.

— On dirait quasiment que ça vous fait plaisir.

— Sur le coup, j'étais en aria. Puis celui-là, y s'est tout de suite attaché à moi. Ça fait plus de cinq mois que je le traîne. On s'entend bien. Je peux laisser un char, personne y touchera. Faudrait un tout malin pour le déjouer.

L'homme semble prendre un certain plaisir à parler de cette bête toujours collée à sa botte.

— Viens lui faire sentir ta main.

Emilienne s'approche et tend la main sans crainte. Le chien flaire longuement, lève le regard vers l'homme puis lèche les doigts avant de s'allonger sur les dalles luisantes.

— Quand tu lui auras donné sa soupe, y comprendra que t'es pas une mauvaise.

— La mère l'aurait sûrement aimé.

— Sûrement.

Emilienne soulève le couvercle de sa marmite où elle plonge une large louche.

— Ce sera pas long. C'était pas refroidi.

Elle va prendre dans un gros meuble de sapin dont la porte couine une assiette et une cuillère qu'elle pose devant son père. Apporte ensuite une planche où se trouve un gros morceau de fromage. Puis, s'étirant sur la pointe des pieds, elle lève les bras dans un mouvement qui tend son caraco noir sur ses seins. Elle prend une miche sur la claie.

— J'ai fait au four y a trois jours.

— Y en reste plus d'avant ?

— Pas une croûte.

— Manger le pain frais, c'est pas de profit. Ta mère te l'a pourtant appris.

La voix du père s'est à peine durcie. Il soupire. Un moment passe. Un ton plus bas, il ajoute :

— Plus de femme. Un autre chien. Ça va faire du changement dans la maison.

Emilienne qui vient de tirer la crémaillère découvre son chaudron d'où monte un nuage gris. Une odeur de lard fumé emplit la pièce. Le roulier passe sa jambe droite par-dessus le banc et pose ses deux coudes sur la table. Rognard se lève. Son museau carré se tend en direction du chaudron. La fille apporte l'assiette fumante qu'elle pose devant son père. Et c'est seulement lorsqu'il a plongé sa cuillère dans la soupe où le chou apparaît sous les larges yeux de graisse qu'elle se décide à dire :

— Ça va faire encore plus de changement que vous croyez.

Il lève vers elle un œil interrogateur. Son large feutre est tout à fait en arrière de son crâne. La clarté du foyer éclaire le côté droit de son visage tandis que la lumière de la chandelle posée sur la table danse plus nette sur son front et son nez un peu fort.

— Quoi donc ?

Les grosses lèvres de la fille disparaissent presque totalement un instant, puis se gonflent pour s'ouvrir sur des mots qu'elle lance comme on laisse tomber une pierre dans un lavoir.

— Je suis grosse !

Ambroise repose sa cuillère dans son assiette. Ses poings se ferment sur la table. Il respire profondément. Sans colère apparente, plutôt sur le ton de l'accablement, il dit :

— Vingt dieux ! manquait plus que ça !

Emilienne ne bouge pas plus qu'un piquet. Un grand piquet bien raide planté à mi-chemin entre le bout de la longue table de sapin luisant et la haute cheminée où le feu continue sa chanson tranquille.

Ambroise a légèrement ployé le dos. Ses larges épaules osseuses tendent la blouse délavée. Elles se portent un peu vers l'avant comme pour abriter l'assiette de soupe. Lèvres serrées, il souffle sur la buée. Au passage, l'air fait vibrer les plus longs poils de sa moustache. Son regard demeure un moment comme perdu sous le buffet, avant de remonter vers le visage buté de sa fille. Il ferme à demi l'œil gauche dont la paupière se met à battre.

— On peut savoir de qui ?

— Vous le connaissez pas.

— Il a tout même un nom ?

Elle a un geste qui veut dire que c'est évident.

— Alors ?

Sa voix est toujours parfaitement posée. Trop calme, peut-être. La fille hésite pourtant un instant avant de répondre :

— Léon.

— Rien que sur le Grandvaux, doit bien y en avoir trois douzaines, de Léon !

— Justement, celui-là, il est pas du plateau.

— D'où qu'il est, alors ?

— Dole.

— C'est toujours pas à Dole que tu t'es fait sauter ?

Le ton vient de monter légèrement. Comme sa fille ne bronche pas, Ambroise se met à manger. La bouche au ras de son assiette, il aspire le bouillon et mâche lentement le chou et les morceaux de rave. Quand il a vidé son assiette aux trois quarts, il ordonne :

— Remets-moi un pochon de chaud. J'ai faim, mais à cette saison, le chou ne vaut plus rien... Puis t'iras me chercher du vin.

Emilienne vient prendre l'assiette en disant :

— Y a plus de vin depuis trois semaines.

Le père lance un rire bref qui racle comme un coup de pioche contre une dalle.

— Y en a quatre fûts sur la voiture. C'est pour Thouverez, de l'auberge. On va pas les mettre en perce. Mais y sera pas dit que je mourrai de soif à côté de tonneaux pleins. Va voir sous la bâche de réserve qu'est pliée à l'avant, et prends une bouteille.

Elle rallume la lanterne et sort.

Dès qu'elle a passé la porte, le chien qui n'a

pas encore quitté la botte de son maître s'en va flairer du côté du foyer.

— Elle va t'en donner, t'inquiète pas!

Ambroise, qui s'est mis à couper en petits cubes dans sa soupe une large tranche de pain gris, en lance un morceau à son chien. Quand sa fille reparaît avec le vin, d'une voix de commandement il dit:

— Donne-lui quelque chose. Et épais. Cet animal-là, y fait toute la route à pattes. Nos chiens d'ici, y pensent qu'à se coucher sur la civière et à se faire traîner. Lui, il y est seulement jamais monté. Faut qu'y se refasse du sang.

Il se remet lui-même à manger tout en surveillant sa fille qui coupe du pain dans une vieille bassine. Elle ajoute de la soupe et de l'eau froide puis donne au chien qui se précipite et se met à laper en grondant sourdement.

— Ecarte-toi, tu le gênes.

Emilienne s'éloigne de trois pas et Rognard cesse de grogner.

— Une fois que tu lui as donné, c'est à lui. Faut lui foutre la paix. Y te mordrait.

A présent, la jeune femme se trouve juste devant son père, entre la table et le buffet, mais elle se tient toujours le dos au foyer, fixant le coin obscur de la porte. Le Grandvallier la voit de profil et son regard se porte sur le ventre à peine visible.

— Ça serait vieux de combien?

— Trois mois.

— Faut tout de même pas attendre qu'y soit né pour vous marier.

Elle hésite un peu. Son regard va de la porte au foyer, puis, plus sombre, il revient se fixer sur son père.

— C'est un qui veut pas se marier. Et moi, forcer un homme, j'aimerais pas de ça.

Ambroise qui était en train de se couper du fromage achève son geste, pique le morceau à la pointe de son couteau et le pose dans son assiette. Il hoche lentement la tête en maugréant de nouveau :

— Vingt dieux ! manquait plus que ça !

Il a encore parlé calmement et sa voix ne durcit que lorsqu'il ajoute :

— Ouvre voir cette bouteille. On a bien besoin de se remonter un coup.

Il mange son pain et son comté en buvant son vin à petites gorgées.

— Prends-toi de quoi boire, je veux que tu le goûtes.

— J'ai pas envie.

— Fais ce que je te dis !

Emilienne va chercher un verre, laisse son père l'emplir à moitié mais refuse de s'asseoir en face de lui. Elle s'obstine à fixer la porte de son regard clair qui semble vide.

Coule un long moment avec le ronflement du feu et le bruit que le chien fait en traînant sur les dalles la bassine vide qu'il continue de lécher. Comme le roulier qui a terminé son repas reste à boire lentement, la fille propose sans le regarder :

— Si vous voulez, je m'en vais. Je me placerai à la ville. J'suis capable de m'arranger.

Il se met à rire.

— Ça alors, ce serait un comble ! Parce que t'es une roulure qui se fait engrosser par le premier venu, c'est moi qui resterais tout seul avec le train de ferme et tout le fourbi sur l'échine ! Ferait beau voir ! Vingt dieux !

Cette fois, la voix est très dure. Sans qu'il se soit mis à crier vraiment, son propos a empli la vaste pièce. Le chien s'est arrêté de pousser la bassine. Assis à deux pas de son maître, il regarde de son œil brun, inclinant de temps en temps sa grosse tête carrée à droite ou à gauche. Comme sa fille se tourne vers lui, Ambroise, d'une voix toujours très ferme, dit lentement :

— Demain matin, tu iras me chercher ce Léon... Où il est donc ?

— Y travaille à la boissellerie, chez Bouvet.

— Tu le ramènes ici ! J'attendrai de l'avoir vu pour aller livrer mon vin à Saint-Laurent.

Il se donne le temps de vider son verre, d'essuyer sa barbe et sa moustache d'un revers de main avant d'ajouter :

— Quand j'aurai réglé tout ça, je me rendrai au cimetière.

Il repousse le banc, se lève lentement et soupire :

— Mieux vaut qu'elle soit partie avant de voir ça. Seulement moi, je reste avec la merde sur le dos. C'est pas toujours les vivants qui tiennent le meilleur bout, dans ce putain de monde !

2

Le lendemain, ils se lèvent bien avant l'aube. Dès que le feu est reparti, Emilienne se hâte d'aller traire les vaches. Ambroise s'occupe du fourrage. Tout ça sans un mot, avec seulement quelques échanges de regards rapides.

La traite n'est pas encore terminée que déjà le père a attelé la vieille Grise à la petite voiture. Ils chargent les lourds bidons pleins de lait et Ambroise allume une lanterne qu'il va fixer à la voiture. Comme sa fille prend une fourche et se dirige vers l'étable, il lance :

— Où que tu vas ?

— Vous le voyez bien.

— Laisse la litière. Pour un coup, je la ferai. File.

— A pareille heure ?

— File, je te dis.

— Sûr que je serai rendue à la fruitière avant le fromager.

— Tu poseras tes berthes et t'iras chercher ton

greluchon. Elles seront vidées quand tu remonteras. T'auras plus qu'à les reprendre.

La fille hausse les épaules et se dirige vers la voiture en grommelant :

— Sûr qu'à pareille heure, on va se demander ce qui m'arrive !

— T'inquiète pas... Et dis bien à ce Léon qu'y m'oblige pas à me déranger. Ça pourrait lui en cuire !

Ambroise regarde s'éloigner la voiture qui disparaît très vite dans la descente. Le bruit décroît lentement. Il occupe un moment toute cette fin de nuit qui traîne encore sur les terres d'alentour avant d'aller se couler sous les grands sapins.

Ambroise Reverchon respire à petits coups cette aube où se mêlent les senteurs du plateau et les odeurs plus fortes de la maison. La fumée qui rabat un peu, la tiédeur des bêtes repoussant le parfum que la rosée fait monter des embouches.

Le roulement de la voiture, le pas de la Grise sur la caillasse et le tintement de son maigre grelot ont complètement disparu. Il n'y a plus sur la terre où la petite aube rampe lentement que la respiration lointaine de la Joux-Devant ; noire forêt qui ferme le vaste vallonnement du Grandvaux.

Le roulier respire profondément. Il observe l'est où la clarté grandit insensiblement, puis, sans hâte, il va chercher une fourche et entre à l'étable où il se met à tirer le fumier. Assis près de la porte sur de la paille sèche, Rognard regarde son maître se démener dans la lueur des deux lanternes accrochées aux piliers de bois luisant qui soutiennent le plafond bas. Son gros museau va de droite à gauche et de haut en bas, inventoriant ces odeurs qu'il ne connaît pas encore très bien. Quand son front se plisse, les deux taches d'or surmontant ses yeux se rapprochent comme des étoiles attirées l'une par l'autre.

Dès qu'il a dégagé le plus gros du fumier vers le milieu de l'allée où se trouve la rigole à purin, le Grandvallier empoigne le rabot d'écurie et racle avec soin. De temps en temps, il doit frapper du fer de son outil pour décoller un paquet plus dur.

— Fait à moitié... les jeunes, ça vaut pas le prix du fouet qu'y faudrait pour les mener... Tout se perd!

Sa voix est soulevée par une colère sourde. Le chien fronce un peu plus son front, rentre la langue comme s'il retenait sa respiration et demeure attentif quelques instants.

Quand Ambroise pousse dehors sa première brouettée de fumier, un jour plus coloré et plus net traîne déjà sur le plateau. Le Grandvallier s'arrête le temps de reconnaître le pays. Une vaste étendue où se croisent des murettes de pierres sèches inégales et moussues. Au loin, la masse noire des sapins encore ourlée de quelques restes de neige. Des traces blanches aussi le long de certains murs et en bordure du chemin. Un ciel bas, immobile, suspendu à peine au-dessus des arbres. Rognard qui l'a suivi est intéressé surtout par les vols de corbeaux qui passent sans hâte en s'insultant grassement.

Ambroise reprend sa besogne. Il a achevé de changer la litière et de sortir le fumier lorsque, s'apprêtant à reclouer une planche d'un bat-flanc, il demeure le marteau en l'air. Le grelot de la Grise approche. L'homme lance un regard vers la porte, puis, s'étant ressaisi, il se met à taper. Il s'arrête entre deux clous pour écouter encore, puis se remet à cogner quand les bandages crissent sur la caillasse. Son clou enfoncé jusqu'à la tête, il continue de frapper en se contraignant à ne pas regarder vers l'entrée. La porte s'ouvre, le chien ne grogne pas. Emilienne se détache sur la clarté du jour déjà haut.

Elle est seule.

Posant son marteau, le père s'avance. La fille s'est immobilisée à contre-jour, après avoir fait à peine deux pas vers l'intérieur.

— Alors ?

Elle soulève son bras qu'elle laisse retomber, impuissant :

— Parti !

— Quand donc ?

— Quand je lui ai dit que vous...

— Vingt dieux ! L'ira pas loin.

Jetant son marteau, le Grandvallier court décrocher un bon fouet qu'il passe derrière sa nuque, puis, enfonçant profond son chapeau, il lance :

— Amène-toi, Rognard.

Le chien n'a pas attendu son ordre pour se précipiter sur ses talons.

— Vous le rattraperez pas, crie la fille. Il aura

sûrement filé vers le pont. La voiture publique passe dans moins d'une heure.

Sans se retourner, l'homme réplique :

— Y court peut-être plus vite que Nestor, mais pas tant que Rognard.

Ambroise a détaché son cheval qu'il tire jusque dehors. Là, sautant à cru, d'une main il s'accroche à la bride et, de l'autre, il claque l'encolure pour mettre la bête au trot.

Il lui faut à peine dix minutes pour arriver devant la bâtisse aux larges fenêtres où travaillent les boisseliers. Il saute à terre, passe la bride d'un tour à la barre d'attache et, se baissant légèrement, entre en coup de vent. Le vieux Bouvet et ses deux fils s'arrêtent de fendre.

— Tiens, le grand Reverchon !

— Salut ! Léon, l'est pas là ?

— Non. Même qu'il est sorti avec ton Emilienne. Doit pas être loin, l'est parti sans prendre sa casquette.

— C'est justement ce que je viens chercher.

— Sa casquette ?

— Où elle est ?

Prenant sa hachette par le fer, le vieux pointe le bout du manche vers les chevilles du mur à gauche de la porte.

— C'est la bleue. Presque neuve.

Ambroise décroche la coiffure et sort en claquant la porte. Aussitôt dehors, il se penche vers son chien.

— Ça ! Ça ! Allez, faut le trouver !

Rognard flaire longuement la casquette à pont en forte toile bleue puis, le nez au sol, il commence à tourner de-ci de-là, revenant à son maître, repartant, tournant encore pour finir par foncer vers le large du plateau. Ambroise détache son cheval qu'il enfourche.

— Vingt dieux ! C'est pas possible !

Le chien a pris une direction exactement opposée à la route conduisant au pont. Le cavalier le suit pourtant en murmurant :

— Serait-y si malin que ça ? Etre allé se cacher au bois en pensant que je suivrais la route !

Le Grandvallier fait confiance à son chien qui file droit vers la forêt, bondissant par-dessus des murs que le cheval ne peut franchir. Ambroise s'efforce de suivre un moment en contournant les obstacles, mais c'est perdre du temps. Laissant sa monture dans une pâture, il part à pied, son fouet dans la main droite et la casquette à Léon dans la gauche. Il va d'un long pas, sans perdre de vue Rognard qui prend sans cesse de l'avance.

Le chien vient à peine de s'engager sous le couvert obscur des sapins qu'Ambroise voit très loin sur la droite un point noir se détacher de la lisière. Il s'arrête. Un homme file, un fusil à la main. Non, ça doit être un morceau de bois. Le Grandvallier siffle son chien puis pique droit sur l'homme.

— A pareille heure, qui d'autre ça pourrait être ?

Il court depuis quelques minutes quand Rognard le rejoint, ventre à terre. D'un grand geste, il lui indique la direction du fuyard, mais le chien, gêné par les murettes, ne peut rien voir.

— Allez ! Allez ! Là-bas.

Rognard hésite, le souffle ardent, ses petits yeux allant de la lisière sombre du bois à la direction que lui indique son maître.

— Là-bas ! Là-bas ! Chope-le ! Chope-le !

La bête obéit et pique droit, bondissant par-dessus les murettes sans même y poser les pattes.

— Vingt dieux ! L'abruti qui file droit vers la tourbière ! Ira pas loin.

En effet, le fuyard s'arrête bientôt, hésite, repart en tirant sur sa droite, revient sur ses pas puis oblique de nouveau vers la forêt. Il avait sans doute vu Ambroise depuis un moment et vient seulement d'apercevoir le chien. Le Grandvallier grimpe sur un amas de roches et fait un geste des bras en criant :

— Arrête-toi ! Arrête-toi !

Le chien n'est plus qu'à quelques bonds de l'homme qui fait front, levant le gourdin.

— Rognard ! Rognard ! Arrête ! Arrête !

Le chien s'immobilise à trois pas, le corps bandé, prêt à bondir.

— Si tu bouges pas, y te touchera pas.

Ambroise descend de son mur et reprend sa marche sans se presser.

Quand il les rejoint, son souffle a retrouvé un rythme à peu près normal. Il s'arrête à côté de son chien qui gronde en montrant des canines crochetées prêtes à déchirer.

— C'est un féroce, tu sais.

— Ma trique est pas fatiguée.
— Veux-tu essayer ?
— Pas difficile, à deux contre un.

Ambroise se met à rire. L'homme est livide. La sueur dégouline sur son visage. Sa main qui tient la trique noueuse tremble.

— T'es bien le Léon ?
— Oui, j' suis Léon.
— C'est toi qui as engrossé l'Emilienne au Reverchon ?
— Allez savoir ?
— Justement : elle, elle sait.
— Vous me faites rigoler.
— T'en as pas tellement envie.

Il se tait. Le calme autour d'eux tient tout le plateau. Il semble même déborder sur la forêt. Sous ce ciel épais, le seul bruit est le grognement du chien, régulier, établi comme le roulement d'une meule de moulin. Un moment qui pèse très lourd les enveloppe tous les trois.

— Vas-tu l'épouser ?

L'homme fait non de la tête. Une botte de foin. Une botte de foin bien sec dans le gosier. Le grand Reverchon poursuit :

— L'épouser de bon gré ou de force ?
— Ni l'un ni l'autre.

Calmement, le Grandvallier passe la lanière de son fouet derrière sa nuque. Il enlève sa blouse qu'il jette par terre à côté du chien.

— Rognard, tu gardes ça !

L'animal lui lance un regard résigné.

— Tant que tu te sauves pas, mon chien te touchera pas. T'as une trique, j'ai un fouet. Si t'es le plus fort, t'as raison.

Au dernier mot, il empoigne son fouet dont la mèche s'en va claquer à moins d'un pied de l'oreille gauche du Dolois. L'homme recule d'un pas et fait un moulinet avec son gourdin. Il est à peu près de la taille du Grandvallier et ne doit pas être manchot, mais la peur se lit sur son visage imberbe, dans ses yeux. Le fouet claque encore deux ou trois fois dans le vide puis, Ambroise ayant fait un bond en avant, la lanière cingle la cuisse.

— Salaud ! rage l'autre.

Il lève le bras très haut, peut-être pour tenter le tout pour le tout en lançant sa trique, mais le roulier habitué aux batailles est plus rapide, le cuir atteint le poignet. La main s'ouvre, le bâton tombe. Comme l'homme va plonger pour le ramasser, Ambroise le devance, il fouette le large dos. Le Dolois se relève les mains vides après avoir roulé sur le côté.

— Saute, crie le roulier, saute donc si t'aimes tant ça, canaille !

A grands coups, il se met à fouetter au ras du sol. Sa lanière claque sur les brodequins, sur le bas du pantalon. L'homme, en effet, commence à sauter et à exécuter une danse grotesque.

— Arrêtez ! Arrêtez !

Ambroise s'arrête. Il regarde son chien que l'envie d'intervenir fait trembler.

— Alors, qu'est-ce que tu décides ?

L'autre s'est accroupi et se palpe les chevilles.

— Peut-être que vous m'avez cassé un os.

— A mon avis, ça devrait pas être assez pour t'empêcher de trousser encore des filles.

Le garçon dont le visage retrouve des couleurs se relève lentement.

— Tout de même, vous y allez fort.

— Je t'ai posé une question.

— Ben, je crois pas qu'on puisse parler sérieusement comme ça...

Il a un regard circulaire pour embrasser tout le plateau.

— Moi, c'est mon pays, ça me déplaît pas. Mais t'as raison. Si tes os cassés peuvent te porter jusque chez moi, on pourra au moins savoir ce qu'en pense l'Emilienne.

Le garçon ramasse sa casquette que le Grandvallier a lancée à ses pieds. Il prend aussi sa trique pour s'y appuyer et, clopinant un peu, il se met en route. Ayant enfilé sa blouse, Ambroise le suit en disant :

— Si tes os se rafistolent au point de te donner envie de courir, cette fois c'est Rognard qui se chargera de te ramener. Et, crois-moi, il a la dent plus dure que la mèche de mon fouet.

3

Les deux hommes marchent un bon moment côte à côte sans échanger un mot. De temps en temps, ils lorgnent l'un vers l'autre comme s'ils se soupesaient d'un coup d'œil rapide. A deux reprises, leurs regards se croisent. L'œil du boisselier est brun, son visage lisse est à peu près imberbe. Pas vraiment rond mais tout de même un peu mou. Son nez est légèrement écrasé avec le bout qui appuie sur la gauche. Il boitille et pousse quelques gémissements pour franchir des murs de pierres sèches.

Lorsqu'ils atteignent l'enclos où le roulier a laissé sa monture, le garçon ne boite plus. Une fois passé ce dernier mur, Ambroise s'arrête. L'autre aussi. Ils se font face. L'œil brun du boisselier interroge: «Qu'est-ce que vous me voulez encore?» Ambroise remarque:

— T'as des bons os, toi.

Pour toute réponse, un haussement d'épaules. Le roulier laisse passer quelques instants avant de reprendre:

— C'est vrai. T'as de sacrés bons os. Des jambes cassées, j'en ai vu pas mal, depuis plus de trente-cinq ans que je roule ma bosse, mais des qui se recollaient aussi vite que ça, ben, ma foi, j'avais jamais vu.

Nouveau haussement d'épaules de l'autre qui grogne en se tournant dans la direction du chemin :

— Pouvez toujours parler, va !

— Sûr que je peux causer. Personne m'en a jamais empêché. Seulement toi, y a une chose que tu m'as pas donnée, c'est ton nom.

Le boisselier le regarde comme s'il venait de lui demander de décrocher un nuage.

— Mon nom ?

— Eh oui, quoi. J'aime bien savoir à qui je cause, moi !

— Ben, je m'appelle Seurot... Seurot Léon.

— Des Seurot, j'en ai connu plusieurs. Et surtout un de Mont-sous-Vaudrey. Un bon vieux bien honnête qui tenait l'auberge de l'Ecu d'Argent.

Le garçon se tourne de nouveau vers le roulier. Son regard s'est éclairé. Ses joues ont repris du sang.

— Eh bien, c'était l'oncle de mon père. Ça fait pas seulement deux ans qu'il s'en est allé.

Ambroise hoche un moment la tête avant de répondre :

— Ton père, je l'connais pas. Seulement, s'il a été tourné dans l'même bois que ce vieux-là, serait sûrement pas à son aise de t'voir en ce moment. Et encore moins de t'avoir vu tout à l'heure, à t'ensauver comme un voleur.

Il s'interrompt pour se mettre à rire et reprend aussitôt :

— Je te dis qu'en plus, t'avais pas l'air futé de tirer droit sur la tourbière.

Léon n'écoute plus. Son visage s'est assombri d'un coup. Il fait deux pas et va s'asseoir sur une murette. La tête baissée, il reste à contempler le chemin entre ses pieds et ceux du roulier qui demande en ricanant :

— Qu'est-ce que t'as, c'est ton os cassé qui te refait mal ?

Le boisselier soupire. Quand il lève la tête, son visage n'est plus tout à fait le même. D'une voix douce, il explique :

— Mon père, j'm'en souviens très bien. Pourtant, j'avais tout juste trois ans et demi quand il est mort.

Comme il se tait, le roulier fait, d'une voix à peine perceptible :

— Ah !

— Tué en débardant.

Il marque encore un temps. Autour d'eux, c'est le silence du plateau. Un silence gris, prisonnier du noir des forêts épaisses. Toujours de sa même voix douce, Léon Seurot reprend :

— Ecrasé par une bille énorme. Paraît qu'il était tellement collé au chemin qu'on pouvait pas le ramasser... Les gens ont même pas voulu que ma pauvre mère le regarde, c'est vous dire !

Le ciel pèse très lourd. Pourtant, il commence de s'élever un peu. Le mouvement qui s'amorce découvre les monts en direction du levant où demeurent de longues traînées d'hiver encore blanches. Les nuages sont pétris par un vent qui ne descend pas jusqu'aux terres du Grandvaux.

Une minute se fige entre les deux hommes. Puis, comme le boisselier tourne les yeux vers la forêt, Ambroise dit :

— Le débardage, tu peux croire que j'en ai fait mon compte. C'est toujours dangereux.

L'autre le regarde de nouveau et murmure :

— C'est sûr.

— Où c'est qu'il travaillait, ton père ?

— Forêt de Chaux.

— Presque tout du chêne, du hêtre et du charme. Ça pèse le diable, ces bois-là. Et puis, ces coupes du bas pays, c'est de la terre qui glisse avec l'eau jamais loin.

— Quand c'est arrivé, c'était gelé à glace.

— Tu parles !

Le silence se reforme. Les deux hommes sont face à face, aussi empruntés l'un que l'autre. Le chien s'est avancé lentement jusqu'à flairer les pieds de Léon.

— Tout doux, Rognard... Tout doux, mon beau.

Le large museau noir et feu monte le long d'une jambe en se fronçant un peu. Il a des retraits soudains et se rapproche toujours avec prudence. Les yeux bruns qui se lèvent pour surveiller les mains et le visage de Léon découvrent parfois un croissant très blanc qui tranche dans le noir des paupières. Tout le corps reste tendu. Les muscles durs et saillants sous le poil lustré sont prêts à la détente. Lorsque la truffe arrive au niveau du genou de Léon, Ambroise dit :

— Caresse-lui la tête. Y te fera rien.

Le boisselier s'incline et pose sa main gauche sur le crâne du chien qui se retire en grondant et vient se coller contre la jambe de son maître.

— Faut le temps qu'y s'habitue.

Ambroise fait deux pas en direction de son cheval qui broute tranquille, puis, avec un éclair de malice dans l'œil, paupières mi-closes, ajoute :

— M'est avis qu'il aura l'temps !

Léon s'est levé. Il semble lourdement chargé.

Ayant empoigné sa bête par la bride, le roulier prend la direction de sa ferme. Le chemin est trop étroit pour que Léon puisse marcher à sa hauteur, mais le roulier ne se retourne pas. Il va de son long pas régulier, la tête de son cheval presque posée sur son épaule. Rognard trotte devant, flairant les murs et les haies d'épineux, levant de temps en temps la patte pour pisser trois gouttes.

Le ciel continue sa marche houleuse mais les deux hommes et les deux bêtes sont la seule vie sur le plateau, avec des vols de corbeaux et de choucas que le jour éparpille en grand nombre.

4

Lorsque les deux hommes et les deux bêtes arrivent en vue de la grande bâtisse carrée dont le toit de bardeaux touche presque le sol vers le nord, une tache claire s'éloigne de la fenêtre de la cuisine. Ambroise va lâcher son cheval dans l'étroite pâture qui borde la façade sud, puis il revient à la porte. Léon s'est planté au plein centre de l'esplanade, à dix enjambées du tas de fumier. Il suit le roulier des yeux. Le chien est déjà sur le seuil.

— Alors, tu viens ? fait Ambroise.

L'homme approche comme si une boue collante retenait ses brodequins. Chacun de ses pas pèse un bon quintal. Sans sourire, Ambroise demande :

— Tes os se sont redémis ?

L'autre hausse les épaules. Une main sur le loquet de la porte, se tournant à moitié, le Grandvallier lâche entre ses dents serrées :

— Si tu vas vraiment à l'abattoir, fous le camp. C'est encore temps.

Le garçon est arrivé à un pas de lui. Leurs regards ne se sont jamais croisés d'aussi près. Leurs souffles se mélangent. Quelque chose d'aussi doux qu'une fourchée de chardons secs est entre eux. A ne plus savoir si ce quelque chose sans forme ni nom les unit ou les sépare. A peine desserrant ses lèvres, un mot sort de la gorge du boisselier :

— Ouvrez !

Le ticlet claque. Lentement, très lentement, la porte s'ouvre.

La pièce est sans surprise. Eclairée par deux sources qui se rencontrent au milieu de la longue table de sapin : eau grise coulant de l'étroite fenêtre, clarté du foyer plus vive et vacillante qui pousse des reflets rouges sur les planches lustrées. A gauche de la haute cheminée, aussi immobile que le vaisselier et les bancs : Emilienne.

Le feu lèche deux bûches de charmille. A la droite de la cheminée, la haute horloge comtoise dont le tic-tac emplit la pièce. Il en déborde. Il doit monter jusque dans le grenier. Le balancier de cuivre va son perpétuel aller et retour derrière le nombril de verre : croissant, pleine lune, croissant, pleine lune... Il luit jaune, rouge et gris. Les deux clartés plus la sienne.

Ils ont le temps tous les trois de bien peser les secondes qui s'égrènent. Même le chien paraît étonné. Un moment immobile, c'est pourtant lui qui donne le signal du mouvement en allant jusque devant l'âtre où il s'allonge en soupirant. Son maître va enjamber le banc à la place qui lui est habituelle. D'une voix qui emplit bien l'espace sous le plafond enfumé, il lance :

— Léon, assieds-toi.

Le garçon hésite, va à l'extrémité de la table et s'arrête, le regard interrogateur.

— Là ! ordonne Ambroise en désignant le banc en face de lui.

Un moment passe encore. Une bûche se brise. Les deux tronçons basculent et la flamme plus vive monte. La fille se déplace lentement pour venir prendre les pinces à foyer et placer les deux tronçons au centre du tas de braises rouges, contre l'autre rondin. Les hommes suivent les gestes de ses mains et le mouvement de sa croupe tendue sous la grosse toile brune de sa robe. On voit bien qu'elle se donne le temps. La main gauche de son père qui s'est accoudé de biais se soulève et ses ongles crépitent contre le bois. Emilienne se redresse et vient vers eux, noire sur le fond de clarté, ses cheveux châtains à peine poudrés de lumière. Elle s'immobilise au bout de la table où elle se tient droite, mains pendantes.

— Alors, qui c'est qui cause ?

Les regards s'entrecroisent. Dans celui d'Emilienne, c'est seulement le reflet de la fenêtre qui brise un éclat. Pour les hommes, selon l'inclinaison des têtes, c'est le sang du foyer ou le métal du ciel. Nul ne bronche.

— Est-ce qu'il faut que ce soit moi ? demande Ambroise.

— C'est vous qui m'avez amené, fait Léon.

— Alors, si c'est moi, je demande : toi et toi, quand voulez-vous vous marier ?

Emilienne avance sa lèvre inférieure en une moue qu'elle accompagne d'un petit geste évasif de ses mains osseuses, un peu rouges.

— C'est tout de même toi qu'es grosse ?

— Oui, père.

— De quand ?

— Sais pas.

— Vous avez commencé quand ?

Léon lève vers la jeune femme un œil interrogateur. C'est elle qui répond sans hésiter :

— Le 18 de février.

— Celui-là, dit Ambroise avec un peu de tristesse dans la voix, je serai pas mal loin quand y viendra au monde.

Il laisse passer un bon moment avant de se tourner vers le Dolois qu'il fixe aux yeux quelques instants, intensément, avant de demander :

— Alors ?

L'autre fait oui de la tête.

— Tu sais ce que ça veut dire ?

Les mains un peu rondes du boisselier se soulèvent sur le bois et s'ouvrent comme pour une offrande. Inclinant légèrement la tête sur le côté, avec beaucoup de douceur dans la voix et le regard, il dit :

— Je le sais. Et je peux pas dire ce qui m'a pris de m'ensauver comme ça, tout à l'heure... Je peux pas dire... non non, j'peux pas dire...

— On te le demande pas.

Ambroise se tourne vers sa fille.

— Alors ?

— Bien sûr, père... Je... J'vous demande pardon.

Ils restent un bon moment sans échanger un mot, à s'entre-regarder alors que le feu et la haute horloge continuent leur dialogue. Finalement, le boisselier se lève lentement et dit avec timidité :

— M'en va regagner l'atelier.

Il va jusqu'à la porte qu'il ouvre. Sa main droite est sur le ticlet, la gauche tient sa casquette. Elle monte et s'arrête net quand Ambroise lance :

— Oh ! Léon !

Le garçon se retourne :

— Quoi donc ?

De nouveau, dans son regard, une petite lueur de crainte qui fait sourire le roulier.

— Ce soir, viens manger la soupe !

Le visage de Léon se détend. Il fait oui de la tête et sort. La porte refermée, le père et la fille écoutent décroître le crissement de ses brodequins ferrés. Ils fixent tous deux la fenêtre qui se trouve au-dessus de la pierre d'évier, deux pas à droite de la porte. Au moment où Léon passe derrière le puits, ils voient danser sa casquette. Puis plus rien.

Soudain, Ambroise se met à rire.

— Regarde, il a oublié son bâton. Il a pas l'habitude d'avoir les os cassés, celui-là !

5

Ambroise tient ferme la bride de Nestor attelé à la voiture qu'il a ramenée hier au soir. Ils descendent le chemin qui mène à la route de Saint-Laurent. Les pluies et la fonte des neiges ont raviné dur. A certains endroits ce sont presque des congères de sable et de cailloux qui barrent en biseau la chaussée où la terre alterne avec de larges roches usées, souvent en dévers. Ces barres de calcaire sont marquées par le passage des bandages de fer et les sabots des chevaux.

Quand le sol est meilleur, le roulier en profite pour examiner les terres d'alentour. Beaucoup sont à lui. Son œil évalue le travail à faire. Il calcule déjà ce qu'il va labourer ou laisser en embouches. Il voit où il mettra l'orge, l'avoine ou le blé. Son regard sonde aussi la forêt où il aura du bois à débarder et des lisières à nettoyer.

Sur ce chemin qui ne mène guère que chez lui et, par-delà, à des terres ou des parcelles de bois qui lui appartiennent, Ambroise Reverchon ne rencontre personne. En revanche, sur la route de grande communication, circulent dans les deux sens bon nombre d'attelages de toutes sortes.

Passant devant la boissellerie, il lance un regard en direction des quatre fenêtres alignées. Avec un demi-sourire, il grogne :

— Peut-être pas un mauvais bougre. J'aurais pu tomber sur du pire.

Le Grandvallier va ainsi jusqu'à l'auberge de la Poste. Ceux qu'il croise en route et qui sont du pays lui lancent :

— Te voilà de retour !

Et il répond :

— Me voilà !

Trois l'ont obligé à s'arrêter pour lui parler de la morte, avec les mêmes mots hésitants, la même voix sourde.

Thouverez, l'aubergiste, est un petit homme sec, avec un énorme nez violet qui a l'air de ne pas faire partie de son visage décharné et blême. Lui ne larmoie pas. Il serre fort la main du roulier. Et d'une voix un peu rauque :

— L'Irma, c'était une solide. Mais y a pas de solide qui tienne. On est tous pour y passer. Seulement, quarante-huit ans c'est un peu jeune. On avait juste un mois d'écart. Et j'espère bien durer encore un bout.

C'est tout. Ils entreprennent de décharger les fûts. Ils le font sans échanger un mot. Avec des gestes entendus, exactement comme s'ils accomplissaient cette même besogne dangereuse tous les jours depuis des lustres. A voir ces barriques basculer du plateau de la voiture sur les montants du poulain pour descendre lentement jusqu'au sol, on pourrait presque les croire vides. Lorsque les cinq pièces sont dans la cave, sur les mâts où elles pourront être mises en perce, toujours sans un mot les deux hommes montent s'asseoir dans la cuisine de l'auberge où le feu ronfle déjà dans la cheminée. Tout un matériel de métal est là, au repos devant l'âtre. Les landiers à crochets, les pelles à cendres et les tire-braises, les soufflets. Sur la droite, le four à pain et à pâtés. A gauche, le potager où, sur des braises, se trouve une marmite de fonte. L'aubergiste prend au vaisselier deux grandes écuelles et va soulever le couvercle de la marmite. Une odeur grasse envahit la pièce. Il revient avec ses deux écuelles qu'il pose sur la table. Il lève les bras et descend une miche de l'échelle à pains puis va décrocher de la couronne d'office en fer forgé un jambon entamé. La viande fumée est d'un beau brun sombre.

Dès qu'ils sont assis face à face, les deux hommes se mettent à manger. Ils vont au bout de leur soupe. Lorsqu'ils ont soigneusement torché les écuelles avec leur pain, Thouverez demande :

— Autrement, ça va ?

— Ça va.

Il coupe deux belles tranches de jambon qu'il met dans les écuelles en les prenant à plat sur sa lame. Ambroise reprend :

— Ça va, mais l'Emilienne va se marier.

L'œil vif de l'aubergiste disparaît à demi derrière ses paupières plissées :

— C'est de son âge.

— Tu seras le premier à le savoir.

— Qui c'est, le garçon ?

— Un nommé Seurot Léon. Un de Dole qui est venu travailler chez les Bouvet.

L'aubergiste hoche la tête puis, avant de se mettre à manger :

— Oui oui, je vois.

Ils entament leur jambon et le roulier finit une première bouchée en scrutant le visage de l'aubergiste.

— T'as l'air de pas aller au bout de ce que tu penses.

L'autre se redresse, comme fouetté :

— Moi ? Pas du tout. Boisselier, c'est un bon métier. Et puis, les Seurot de Dole, c'est des gens connus.

— Y en a beaucoup, dans le bas.

Silence. Ils mangent. Quelque chose plane entre eux qui n'est pas très net. Un long moment s'écoule. Le temps de vider plusieurs verres de vin avant que l'aubergiste ne reprenne la parole :

— T'as fait une bonne course ?

— Pas mal.

— T'es allé où ?

— Vienne. En passant par l'Allemagne. C'est de là que j'ai ramené ce chien.

Rognard, qui s'est couché à ses pieds, mange la couenne du jambon.

— C'est une bête robuste, observe l'aubergiste.

Le roulier raconte avec force détails et une

grande fierté la bataille des chiens et de quelle manière il a pu avoir cet animal.

— Il avait un nom de chez eux. J'aurais jamais pu me le foutre dans le crâne. Vu son caractère, j'l'ai appelé Rognard. Ça lui a plu tout de suite.

L'aubergiste l'a écouté en frottant très fort son gros nez violet qu'il fait aller de droite à gauche sous ses doigts maigres comme s'il espérait l'étirer jusqu'à ses oreilles :

— T'étais parti à six voitures ?

— Comme toujours.

— T'es revenu à combien ?

— Juste celle-là, pour ton vin.

L'aubergiste hésite un instant avant de demander :

— Crois-tu que leur machine à feu ferait pareil ?

— Ma foi !

Ils s'observent, comme si chacun tenait un mot sans oser le lâcher. Ambroise finit par se décider.

— Leur fourbi, tel que je l'ai vu, c'est bon pour la plaine. Ici, je vois pas bien comment ça ferait pour grimper. Seulement, veux-tu me dire ce qu'on deviendra, le jour où on pourra pas aller plus loin que le Revermont ?

— Sûr que c'est pas avec seulement la montagne que le grand roulage risque de vivre.

Ils demeurent encore un moment sans parler puis le roulier soupire profondément avant de dire :

— Je rentrais pas mal content. J'avais bien

gagné. Je me pensais: l'Irma sera satisfaite. Et puis voilà!

— Sûr que ça t'a foutu un coup. En tout cas, je peux te dire qu'elle avait tout le pays à ses obsèques.

Ils boivent encore un verre. Le roulier se lève, va à la porte, son chien sur les talons.

— Tu passeras te faire régler! lance l'aubergiste qui le suit.

— Rien ne presse.

Sur le seuil, Ambroise se retourne. Les deux hommes sont très près l'un de l'autre. Le roulier a bien deux têtes de plus que Thouverez. Il s'incline légèrement pour demander en baissant un peu le ton:

— Ce Seurot, t'as rien à en dire?

— Je vois qui c'est, mais je peux pas dire que je le connais.

Ambroise se tourne à demi comme s'il était décidé à sortir puis, se reprenant, il pivote à nouveau et, plus bas encore mais plus dur, il demande:

— Et l'Emilienne, t'as rien à en dire?

— L'Emilienne, ce sera une solide, comme sa mère. Et dure à la tâche.

— J'aime mieux qu'elle soit comme sa mère que comme sa tante Marceline.

— C'est sûr, fait l'aubergiste. C'est sûr.

Il a un demi-sourire. Le roulier l'observe encore un instant avant de se décider à sortir.

6

Toujours avec Rognard sur ses talons, Ambroise a repris son attelage et s'est dirigé vers le cimetière. Devant l'entrée, il arrête Nestor dont il attache la bride à un barreau du portail.

— Toi, Rognard, tu restes là. Couché !

Il enlève son feutre noir à larges bords qu'il lance par terre, devant les pattes du chien. Puis il entre par la petite porte. Sur le flanc nord des plus importants caveaux, demeurent des levées de neige sale. Ambroise file droit par la plus grande allée, oblique à gauche et se plante devant un tertre frais où pourrissent quelques restes de buis coupé. Il récite à mi-voix un Pater et un Je vous salue Marie, hoche la tête à trois reprises puis, avant de s'en aller, il grogne :

— La merde est pour ceux qui restent.

Durant le retour il bougonne encore, comme si la vue de toutes ces tombes le mettait en rage. Arrivé à sa voiture, il ramasse son chapeau, passe sa main gauche sur ses cheveux gris et se coiffe d'un geste un peu sec.

Au lieu de prendre Nestor par la bride, il déroule les longues guides et s'assied de biais à l'avant de la voiture. Le cuir claque un petit coup sur la croupe et le cheval prend tout de suite le trot. Le chien court à côté de la voiture.

La journée est menée à peu près à ce train. Elle est d'un bout à l'autre rapide et bourrue. De l'écurie à l'étable, de l'étable à la grange, de la grange au grenier, il y a partout à faire. Bien des choses ont été négligées qu'il faut reprendre en main pour que la ferme retrouve visage humain.

Emilienne suit comme elle peut. Plutôt bien. Du retour d'Ambroise jusqu'à la tombée de la nuit, ils n'ont pas échangé trois mots.

La traite des vaches terminée, Emilienne attelle la Grise à la petite voiture, charge ses bidons et annonce :

— J'y vais !

Son père qui est occupé à descendre de la paille ne répond pas. Là-haut, c'est à peine s'il est éclairé par la lueur de la lanterne accrochée à un pilier de bat-flanc. Dès que la voiture s'est éloignée, il descend l'échelle, décroche la lanterne et gagne la porte basse qui donne accès direct à la cuisine.

Un bon feu flambe, éclairant la table où le couvert est mis pour trois. Deux assiettes face à face, l'autre au bout de la table du côté du foyer. Ambroise allume le quinquet à huile et souffle sa lanterne. Puis il va prendre, dans un angle obscur de la pièce, une bouteille qu'il apporte près du foyer. Son chien qui s'est allongé devant l'âtre le suit des yeux, épiant chacun de ses gestes.

Ambroise tire de sa poche un gros couteau à manche de corne et se met à frapper à petits coups mesurés sur la cire brune qui recouvre le goulot. Ensuite, posant la bouteille sur la table, il va prendre sur le rebord de la cheminée un gros tire-bouchon de métal luisant dont la poignée représente des grappes et des feuilles. Il l'enfonce en tournant lentement, puis, toujours avec des gestes mesurés, il place la bouteille entre ses genoux et tire. Les veines de sa main droite se gonflent. Le bouchon vient sans bruit et l'homme se penche vers le foyer pour l'examiner avec beaucoup d'attention. Il souffle :

— Oui oui.

Il va poser la bouteille sur la table entre son assiette et celle de l'invité, s'installe à cheval sur le banc, regardant le feu et Rognard qui ferme les yeux pour les rouvrir souvent en frémissant des oreilles. Le feu chante. Le bois bien sec ne pleure pas. C'est à peine s'il claque de temps en temps en libérant une minuscule étincelle. Sur le contrecœur de fonte, la flamme fait remuer un personnage à demi effacé qui semble lever un marteau. De temps en temps, un bruit de chaîne ou de sabot vient de l'écurie à travers la cloison de planches. L'horloge va son chemin. Pourtant, le temps s'est immobilisé.

Le chien lève la tête, écoute, se dresse d'un bond et file vers la porte en grondant. Son dos noir est une brosse raide. Il y est depuis près d'une minute lorsque le roulier perçoit le bruit de l'attelage.

— Rognard ! Ici !

A regret, le chien vient se coller contre sa jambe.

— Tu devrais déjà connaître le pas de la Grise.

Il y a un bruit de voix.

— Y sera monté avec elle.

Ambroise soupire profondément et ses traits se détendent, comme s'il venait soudain d'être rassuré. Il ébauche un mouvement pour se lever, mais il se ravise. Il se tasse un peu plus sur son banc et son bras gauche semble peser davantage sur la lourde table. On parle à l'écurie. Bruit de sabots. Chaîne. Coups contre le bat-flanc. Un silence assez long avant que la porte s'ouvre à droite du roulier qui ne lève même pas un cil. Entre ses paupières mi-closes, son regard reste rivé au foyer. Le chien gronde et remue.

— Tais-toi, souffle Ambroise.

— Le bonsoir à vous, dit le boisselier d'une voix qui n'est peut-être pas tout à fait assurée.

Le roulier se décide à tourner lentement la tête.

— T'as le bonsoir, dit-il.

Le garçon a fait un pas dans la pièce. Emilienne va à la cheminée. Elle avance vers le centre du feu un trépied de métal où se trouve une marmite. Comme Léon demeure cloué sur place, sans le regarder de nouveau, Ambroise l'invite :

— Viens prendre place, Léon.

Le gars dont le visage rond est très rouge contourne la table par le côté opposé au foyer et va s'asseoir en face du roulier qui se redresse lentement. On dirait que tout ce que font ces deux hommes est un peu englué.

Avec cette même lenteur qui donne à ses gestes l'impression qu'ils sont faits à regret, le roulier empoigne la bouteille, verse une larme dans son verre, avant de servir une bonne rasade à Léon et de demander, la bouteille au bout du bras :

— En veux-tu, Emilienne ?

Sa fille pose le couvercle qu'elle venait de soulever pour remuer la soupe et se retourne. Son sourire n'est qu'ébauché, puis ses grosses lèvres s'ouvrent :

— Sûr, que j'veux le goûter.

— C'est du vieux. Et qui vient de Bordeaux. Je l'ai ramené ça fait plus de quinze ans.

Il verse à sa fille, emplit son propre verre, pose la bouteille avec précaution :

— Je bois à vous deux. Je le fais en pensant à ta mère. Et je vous donne ma bénédiction.

Il ne porte pas encore son verre à ses lèvres. Sa bouche remue et sa lèvre inférieure mordille un peu la lourde moustache grise. Il les regarde dans les yeux tous les deux avant d'ajouter :

— Puis je vous dis que ça vient du cœur, vous pouvez me croire !

7

Ils ont mangé la soupe épaisse où ont cuit une saucisse et un morceau de lard fumé. Les deux hommes face à face, Emilienne debout tenant son écuelle de la main gauche et sa cuillère de la droite. Elle est au bout de la table, le dos au foyer. Son père lève assez souvent les yeux sur le boisselier, mais pas une seule fois il ne s'est tourné vers elle depuis le début du repas. Léon regarde son assiette, son pain, ses mains qui paraissent toujours hésiter avant chaque geste. A la dérobée, il lance un coup d'œil à Ambroise ou à Emilienne.

La fille est en train de couper le lard fumant lorsque les regards des deux hommes s'accrochent. Le roulier ferme à demi les paupières et mordille sa moustache. Le boisselier dit timidement

— Elle est bonne, sa soupe.

— Tu dois la connaître.

Le garçon baisse les yeux et son visage s'empourpre davantage.

— Offrir la soupe à un étranger, fait Ambroise, y a rien de mal à ça.

Ils se servent de lard et de saucisse. Un long moment passe avec le seul bruit des bouches, des couteaux, du feu et de l'horloge, puis Léon, après avoir longuement aspiré l'air, se décide :

— Chez nous, y a beau temps que les femmes mangent plus debout.

— Je sais, réplique Ambroise. Je pense même qu'il y a des endroits où elles ont toujours mangé comme les hommes.

Emilienne se retourne et va mettre deux bûches de charmille sur les braises qui se rebiffent. Elle revient prendre son pain sur lequel elle coupe sa saucisse.

— Ici, dit Léon, elles le font encore ?

— J'vois pas de raison que ça change.

Ambroise observe le boisselier qui continue de manger lentement en fixant son assiette. Un bon moment passe avant que le roulier ne se décide :

— Vois-tu, Léon. Moi qui roule ma bosse dans toute l'Europe depuis l'âge de treize ans, j'ai vu pas mal de choses bien différentes. J'ai vu bien des gens qui vivent ni comme ceux de chez toi ni comme ceux d'ici. J'en ai même vu qui sont habillés tellement drôle que tu sais pas seulement dire si c'est des hommes ou des femmes. Ben, tout ça, ça m'a pas fait varier d'une once. Mais toi, quand t'auras une femme, avec une maison à toi pour la mettre dedans, tu la feras bien manger à l'écurie ou dans ton lit, debout, assise ou le cul au plafond, ça regardera que toi.

Léon a eu un petit rire. Emilienne lui fait écho et dit :

— Le cul en l'air, ferait beau voir.

Ambroise a un geste fatigué.

— Ma foi, à notre époque...

Le repas terminé, la jeune femme débarrasse la table et s'en va laver la vaisselle sur la pierre d'évier. Le bruit qu'elle fait avec ses ustensiles et sa seille occupe l'espace un bon moment. Les hommes se sont tournés de biais, l'un sur le coude gauche, l'autre sur le droit. Tous deux à cheval sur le banc observent le feu. Le chien est allongé devant l'âtre. Les trois demeurent parfaitement immobiles jusqu'à ce que la fille revienne près d'eux, les mains encore rouges du froid de l'eau. Comme elle reprend sa place au bout de la table, son père lève les yeux vers elle et dit :

— Il reste du vin, si tu veux t'asseoir.

Avant d'aller prendre place sur le banc où se trouve Léon, elle lui demande :

— Tu l'as laissée dans la voiture ?

Il fait oui de la tête.

— Tu veux que j'aille ?

Il opine de nouveau.

Elle disparaît pour revenir très vite avec une seille à puiser toute neuve qu'elle pose sur la table entre les deux hommes. Le boisselier fait tourner l'objet de manière à ce que la partie opposée à la poignée se trouve face à Ambroise. Emilienne déplace un peu la lampe à huile. Répartie sur trois douelles, une sculpture représente un roulier et son attelage. Ambroise se penche et regarde avec attention en hochant la tête. Il finit par dire :

— Oui, oui. C'est de la belle ouvrage.

— C'est pour vous, dit Léon qui parle comme s'il avait sa seille à puiser en travers du gosier.

Le roulier se redresse, regarde Léon et demande :

— T'as fait ça dans ta journée ?

— La seille était presque finie. J'ai sculpté.

— T'es un adroit. Ça me donne du plaisir. J'aime les gens qui font bien leur métier. J'crois qu'on va s'entendre.

Il examine encore l'objet qu'il a pris dans ses mains pour l'incliner. Il le tourne et le retourne. Ses gros doigts caressent le bois. Il commence par les douelles lisses, puis le bord, puis la partie sculptée.

— Si je vois bien, c'est moi et Nestor, que t'as fait là ?

— C'est ça.

— En plus tu m'as mis un chargement de fûts. J'crois vraiment qu'on va s'entendre.

Ils sourient tous les trois, puis le roulier se met à rire en ajoutant :

— Si ça marche pas, j'aurai bien toujours un bout de fouet pour te faire sauter puisque t'as même pas oublié de me le mettre en main !

DEUXIÈME PARTIE

L'été sur le Grandvaux

8

C'est l'été. La grosse chaleur écrase le plateau. Elle reste prise entre la Chaux-Devant et la Chaux-Derrière. Aucun souffle ne ruisselle plus du nord entre ces deux rives de forêts sombres qui bordent le moutonnement des terres nues et des champs en culture que morcellent les murettes de pierres sèches. L'air épais tout chargé d'odeurs de mousses et d'herbes recuites coule jusque sous l'épaisseur des grands sapins où l'ombre s'éclaire de reflets insolites.

C'est l'été, vers la fin de l'après-midi. Ambroise Reverchon et Léon Seurot sont assis côte à côte sur le siège d'une voiture à plateau chargée de planches. Tout autour, une buée stagne et miroite comme si les pierres et la terre voulaient conserver de la chaleur pour l'hiver.

— On va se faire une bonne vie, tous les trois, dit Ambroise Reverchon.

— En attendant d'être quatre, fait Léon en riant.

— Quatre ou peut-être cinq, des jumeaux, c'est arrivé, dans notre famille.

— Déjà que l'Emilienne redoute d'accoucher.

— Les poules accouchent tous les matins. J'en ai jamais vu une pour se plaindre. Au contraire, dès que c'est fait, elles chantent.

Ils laissent rouler un moment la voiture sans souffler mot, puis Ambroise reprend :

— Savoir si ça fera un roulier ou un boisselier.

— Qui sait ? Peut-être un instituteur.

— Ça alors !

— Et qui dit que ce sera pas une fille ?

Le roulier lui donne un coup de coude dans les côtes en lançant :

— Si tu me fais un coup comme ça, bon Dieu, je reprends le fouet !

Nestor va son pas allongé, secouant ses grelots pour chasser les mouches de bouses et les taons très agressifs.

— Va venir de l'orage, annonce Ambroise.

— C'est sûr.

On le sent approcher. Il monte du sud-ouest et sa progression grise et blanche rend plus sensible encore l'immobilité presque inquiétante de la terre. La forêt plus pesante à mesure que change la lumière écrase une ombre noire sur sa lisière grillée.

Nestor, Rognard et les deux hommes ont passé leur journée sur les chemins poussiéreux. Dès l'aube, ils ont commencé par descendre à la boissellerie. Les fils Bouvet ont aidé Léon à charger sa caisse à outils, une énorme malle tapissée sur son couvercle bombé de peaux de sangliers et cerclée de cuivre rouge martelé et clouté. Ils y ont ajouté deux sacs gris bourrés de linge, une grosse pelisse et une bonne vingtaine de seilles à vendanges avec autant de puisoirs plus trois bouilles à bretelles.

C'est ce que Léon a fabriqué pour son propre compte, les dimanches.

Les trois Bouvet sont restés plantés devant la porte de leur atelier à regarder s'éloigner le char tiré par Nestor et suivi par Rognard.

Ambroise et Léon, aussitôt arrivés, ont déchargé tout ce fourbi dans la grange et sont repartis. Ils ont pris le chemin de grande communication qui conduit de Saint-Laurent jusqu'à Mouthe. A Fort-du-Plasne, ils ont mangé une belle omelette aux herbes et une tranche de lard dans l'auberge tenue par Adrien Petitot. Avec fierté, Ambroise a présenté Léon :

— C'est mon gendre. Un boisselier qui connaît son affaire. Tu peux demander au père Bouvet.

Ensuite, ils sont allés faire leur chargement de bois dans un chantier de refente où personne n'était là pour les recevoir. Ils ont transpiré dessous un hangar branlant où il faisait une température d'étuve. C'est seulement au retour que le roulier a donné quelques explications :

— Le scieur, c'était un nommé Picaud. Un travailleur. Gentil, solide et tout. On sait pas seulement de quoi il est parti. Sa femme l'a trouvé raide à côté de son plot, à l'heure de midi. Cinquante-six, il avait.

Il marque un temps avant d'ajouter :

— Les gens viennent pas tous vieux, avec la peine qu'on a.

Le boisselier tourne la tête vers lui. Ils se regardent un instant puis Ambroise poursuit :

— C'était un bon client. Seulement, je lui ai fait des charrois qu'il me devait encore. Alors sa veuve m'a dit : « Payez-vous en bois. » Ça tombe bien que ce soit des pièces qui te conviennent.

— Sûr, c'est du beau bois.

— Et là, t'es certain qu'il est sec.

— Certain.

— Je dis pas qu'il coûte rien, mais y a tout de même pas à débourser pour le payer.

Il marque un temps avant de reprendre :

— C'est toi qui encaisses, en quelque sorte. Mais comme je veux rien gagner sur mon gendre, quand tu auras vendu ce que tu vas tirer de ces planches, tu me régleras juste les charrois que le vieux me devait. C'est honnête.

— C'est honnête, approuve Léon. Et même que je devrais vous payer votre journée d'aujourd'hui.

Ambroise hausse les épaules. Il émet un petit rire qui soulève sa moustache.

— Tu plaisantes, dis ? Je ferais payer une journée de voiture à mon gendre ? Tout de même, faudrait être pingre !

— Que non, je vous...

Ambroise l'interrompt :

— Sans compter que tu m'as aidé à rentrer mon foin. Et même que t'as transpiré dur.

Le garçon hoche la tête avant de dire :

— Sûr qu'on aura eu un été chaud.

De temps en temps, Ambroise soulève les longues guides et les laisse retomber sur la croupe luisante de Nestor qui ne s'en émeut pas.

— Nous voilà d'aborder le 15 août, observe le roulier, moi, je compte partir dans octobre. Ça te laisse pas bien du temps pour travailler, mais le peu que t'auras fait, je te l'emmène. Et je peux te dire que je le vendrai bon prix.

— Je pouvais pas quitter les Bouvet comme un sauvage.

Ça doit bien faire cent fois qu'ils répètent à peu près les mêmes propos depuis deux mois que Léon Seurot a pris pour femme Emilienne Reverchon. Le boisselier s'est mis d'accord avec son beau-père pour se monter un coin d'atelier dans la grange. Il fera à son compte ses seilles et ses bouilles à vendange. Jusqu'à la Saint-Martin, il continuera d'aller trois jours par semaine chez les Bouvet. C'est un accord qui arrange tout le monde. Bouvet parce que ça lui laisse du temps pour chercher un autre compagnon, Léon parce que les débuts, quand on se met à son compte, peuvent être durs. Ambroise Reverchon également qui, une fois loin, sera plus tranquille de savoir que son gendre a au moins ça d'assuré.

Depuis qu'il demeure à la ferme, Léon s'est toujours bien entendu avec Ambroise. Il faut dire qu'il a l'échine souple. Beaucoup plus que sa femme qui grogne parfois quand le roulier élève la voix.

Emilienne continue de manger debout à l'extrémité de la table. Plusieurs fois, Léon a essayé timidement de plaider pour elle. Chaque fois la réponse a été nette.

— J'suis trop vieux pour changer!

Ce soir encore, il profite d'être seul un moment avec son beau-père pour revenir à la charge :

— L'Emilienne, son ventre commence à lui peser, vous savez.

— Elle est comme était sa mère : elle porte en avant.

— C'est pénible.

Très loin, derrière la Joux, où le ciel est de plus en plus chargé, une lueur court. Le bruit de la voiture empêche qu'on entende le tonnerre à pareille distance. Ambroise fait claquer les guides sur la croupe qui se gonfle.

— Allez, Nestor! Que ça peut venir plus vite qu'on croit.

Le cheval force l'allure mais la montée l'empêche de prendre le trot. Les nuées s'élèvent de plus en plus rapidement. Leur masse n'est plus aussi uniforme. Des coups de lumière filtrent. De grosses têtes d'un blanc éblouissant se dessinent.

— J'voudrais pas faire mouiller ton bois.

— Ça lui fera pas de mal. Une fois sec de sa sève, y peut prendre l'eau, c'est trois fois rien.

— Tout de même.

Comme s'il comprenait, Nestor tire à pleine limonière. Mais ils sont encore loin de la ferme à Reverchon quand la danse commence. Pour tout annoncer, trois ou quatre gros coups de cymbale accompagnent des déchirures de cuivre dans le ciel. Aussitôt, le vent se laisse tomber sur la forêt comme une bête fauve. Les sapins se tordent, il y a un crépitement avant que la tornade ne déferle sur les prés. Vent et pluie mêlés viennent prendre l'attelage par le travers, obligeant les deux hommes à incliner la tête et à poser la main sur leur chapeau. Le cheval couche les oreilles. Tout de suite, son dos se met à fumer. Dès qu'il atteint le replat, de lui-même il prend le trot. Derrière, les planches font un vacarme d'enfer sur le plateau de la voiture. Un bruit que domine le roulement presque ininterrompu de la foudre. Sous l'averse, la forêt et les terres flambent. Ça crépite comme un brasier d'où monte la buée. En quelques minutes, les fossés sont pleins à ras bord et la route devient torrent. Comme le cheval hésite, le roulier fait claquer son fouet.

— Hue donc, Nestor!

— On aurait dû bâcher.

— Avec un vent pareil…

Le roulier s'est dressé à demi et fouette dans l'air trempé comme s'il essayait d'éloigner la foudre. Il se met à rire à pleine gueule:

— C'est plus de la voiture, c'est du bateau!

Puis, soudain dur:

— J'espère que l'Emilienne aura laissé les bêtes dedans.

— Sûrement.

Ils vont un train d'enfer dans ce torrent où le cheval fait gicler à hauteur de son poitrail des gerbes d'eau boueuse. La vue se limite à moins de cent pas tellement la pluie tombe dru. Il faut qu'ils soient presque dans la cour pour deviner la masse trapue de la ferme.

Emilienne guettait. La porte de la cuisine s'ouvre et la lueur du feu danse dans la tornade. La jeune femme court en direction du portail de la grange et le père lui crie :

— Tiens ton ventre !

Léon a bondi de la voiture. Il est au portail avant elle :

— Rentre !

Mais Emilienne l'aide à pousser le vantail de bois. Bientôt ils se retrouvent tous les trois au sec dans l'odeur de foin. Et un grand rire les secoue.

9

— Qu'avez-vous à rigoler comme ça? demande Emilienne à son père. Vous nous faites rire aussi.

— Et pourtant nous voilà trempés comme des soupes, remarque Léon.

— Justement, fait Ambroise, tu te souviens pas de ce que je te disais, peu avant que ça commence?

Léon fronce son front où l'eau colle des mèches de cheveux.

— Vous parliez du scieur et des sous...

— Non, pas à propos de ça.

— Je vois pas.

— Eh bien, je disais qu'on allait se faire une bonne vie.

Et, d'un geste large, il montre le portail resté grand ouvert devant le rideau serré de l'averse.

Leur rire repart.

— La bonne vie! La bonne vie!

Ambroise enlève sa veste et sa chemise en ordonnant:

— Allez vous sécher tous les deux, moi, faut que je m'occupe de Nestor.

— J'espère que ça va s'arrêter, dit Emilienne, j'ai juste fini de traire. Faut que j'aille à la fruitière.

— Tu seras pas la seule retardée.

Les deux jeunes vont à la cuisine tandis que le père, torse et tête nus, se met à dételer sa bête qu'il bouchonne à la paille sèche avec un grand soin et beaucoup d'énergie. La clarté qui entre est couleur d'averse. Tout, à l'intérieur de la grange, semble d'un gris verdâtre.

Ambroise vient juste de conduire son cheval à l'écurie devant le râtelier que la fille avait empli de foin, lorsque le boisselier revient vêtu de linge sec.

— On va décharger, dit Ambroise.

— Allez vous changer, je ferai bien.

— Que non, j'en ai vu d'autres. On fait, et j'irai après.

Léon a appris qu'on ne discute pas avec Ambroise, même quand il parle comme à présent, sur le ton de la joie. D'ailleurs, le roulier a déjà bondi sur le plateau et commence à passer les planches.

— M'en vais les mettre debout le long de la cloison, demain elles seront ressuyées, je les monterai là-haut, empilées, bien lochées.

— Ça, c'est ton affaire. L'homme du bois c'est toi, je vais pas t'apprendre ton métier. Pas plus que tu vas m'apprendre le mien.

Ambroise est gai, comme si cette douche

venait de le rajeunir de vingt ans. Tout en travaillant, il continue de parler :

— Moi, mon métier, c'est autre chose. D'abord, des métiers, j'en ai pas un, j'en ai deux et même plus. Je dis deux en gros : le roulage et la terre. Mais la terre, c'est aussi bien le bûcheronnage que les vaches, les chevaux, les labours, les semailles et tout le reste. Puis le roulage, c'est aussi le débardage. Et rien que ça, j'en connais qui seront jamais foutus de le mener à bien.

— La boissellerie, faut pas croire, c'est pas si simple. Et bûcheronner, je sais faire aussi. Puis les foins...

— J'ai vu ça. T'es pas manchot. J'aurais pas donné ma fille à un manchot.

Ils rient encore. Et Ambroise promet à Léon tout un tas de travaux de quoi l'occuper jour et nuit pendant des années.

— Y a qu'une chose que t'aurais sans doute du mal à apprendre, c'est le roulage à longue distance. Pour ça, faut être Grandvallier de naissance et même plus que ça.

Ils ont fini de décharger. L'orage s'éloigne mais la pluie demeure. Elle va un chemin moins violent, plus tranquille, tendu tout droit du ciel invisible aux terres noyées d'une sourde lueur grise.

— Pour de l'eau, fait Ambroise, c'est de l'eau. Ça me rappelle un jour que j'étais allé jusqu'en Russie.

— En Russie ?

— Oui, en Russie. Ça t'étonne, mon gars, ben c'est pourtant la vraie vérité. Je peux même te dire que je suis tout seul du Grandvaux à être allé si loin dans cette direction du levant. Tu peux te renseigner à Saint-Laurent, tu verras ce qu'on te dira.

— J'veux bien vous croire, fait Léon dont le regard luit d'émerveillement.

Ambroise se donne le temps de cracher en direction du portail avant de répondre :

— Tu peux. Je dis jamais que le vrai. Et c'est déjà beaucoup. L'année d'avant, Sulpice Vuillet s'était rendu jusqu'en Turquie. C'est pas mal plus au sud, mais ça fait sûrement pas plus de chemin. Et je suis pas certain que ça soit aussi dur. Enfin, je l'ai pas fait, j'en parle pas. Mais la Russie j'm'y suis rendu. Parti avec six voitures, j'en avais encore quatre en arrivant sur place.

— Qu'est-ce qui vous a donné cette idée d'aller si loin ?

La question paraît surprendre Ambroise dont le visage tanné se plisse comme s'il ne saisissait pas bien.

— L'idée, c'est d'aller, pardi !

Voyant sans doute que son gendre n'est pas tout à fait satisfait par cette réponse, il fait un effort de mémoire et finit par expliquer :

— J'sais plus comment ça m'était venu aux oreilles... Ah, si : c'est un soir où je me trouvais du côté de Strasbourg, j'avais entendu quelqu'un parler des foires de Nijni-Novgorod.

— Comment vous dites ?

Il répète plus lentement et par deux fois le nom de cette cité lointaine. Son regard s'est éclairé. Il hoche la tête, comme absent, avant de reprendre :

— Oui, Nijni-Novgorod, ça s'appelle ! C'est bâti sur une petite montagne, juste où se rencontrent la Volga et l'Oka. De l'eau, que le Rhône c'est un ruisseau à côté ! Une sacrée ville. Avec des murailles et des tours énormes, et des cathédrales et des monastères. J'ai même pas tout vu. Mais mon vieux, leurs foires, tout ce que tu peux trouver par chez nous, c'est de la roupie de sansonnet à côté. Même la foire de Beaucaire, ça peut pas se comparer. T'as des Chinois, des Arabes, des nègres et tout le tremblement qui arrivent là pour y rencontrer des Cosaques qui s'amènent du fin nord de la Russie. Et puis des chevaux, alors, des milliers et des milliers.

— Des beaux chevaux ?

Ambroise se tourne vers son gendre. Il prend son temps pour répondre. On sent que la question est d'importance.

— Ben, honnêtement, vois-tu : pour ce qui est de notre travail, j'en ai pas vu des masses que j'aurais échangés contre un bon comtois comme voilà mon Nestor.

— Vous avez dû y mettre le temps pour un voyage pareil !

Ambroise se tourne vers le garçon qui se tient debout à côté de lui, en retrait du portail par où entrent des vagues de pluie. Quelque chose passe au fond de son œil comme s'il voulait lui faire comprendre que rien ne peut se transmettre vraiment de ce qu'il a rapporté de ces contrées lointaines. Cette lueur se ternit peu à peu, comme obscurcie par un voile de regret. D'une voix assourdie, il se décide à expliquer :

— J'étais parti le dix de septembre. Je suis rentré deux ans plus tard, juste pour le temps des foins.

— Votre femme devait s'en faire ?

— J'avais écrit deux fois. Alors...

Le roulier doit revivre intensément cet interminable périple. Il se tait, le regard perdu vers ce rideau mouvant qui flotte sur les terres et les roches plates toutes luisantes. La pluie cherche à s'installer. Elle prend un rythme plus mesuré. Les ruisseaux qui ont raviné la cour ne débordent presque plus de leur lit sinueux. De petits barrages se sont formés : entassements de paille, de brindilles et de gravier. Au ras du portail, la rigole a été obstruée par de la boue.

— Va chercher le râble, ordonne Ambroise.

Le boisselier se rend à l'étable et revient bientôt avec une pelle et le rabot d'écurie. Adroitement, il repousse la terre. L'eau boueuse s'engouffre aussitôt dans le passage et la mare qui commençait à se former à l'entrée de la grange se retire rapidement en laissant une sorte d'écume jaune où claquent de grosses bulles.

— C'est le purin qui fait ça, dit le roulier. La fosse doit déborder.

Rognard regarde aussi vers l'extérieur. Son large museau est posé sur ses pattes. Ses yeux sont mi-clos. Il soupire comme si ce déluge le désespérait.

La lumière que tamise l'averse diminue lentement. La pénombre qui noie les recoins de la grange gagne peu à peu en progressant sous les voitures, les charrues et la herse. Après un long silence, d'un ton assourdi qui s'accorde parfaitement à cette lumière voilée, Ambroise se remet à parler comme s'il poursuivait un récit jamais interrompu.

— Ce temps-là, je peux te garantir que j'ai connu bien pire, justement quand je suis revenu de Nijni-Novgorod. J'avais plus qu'une seule voiture. Je dirais pas que j'avais gagné des mille et des cents, mais enfin, je m'en sortais pas mal. Puis je ramenais des épices que je comptais bien revendre en route. Les épices, si on sait s'y prendre, c'est presque toujours de bon profit... Dans notre métier, le secret, c'est de jamais rouler à vide. Dès que t'as fait de la place, faut que tu trouves de quoi charger. Et toujours ce qui peut se revendre mieux, plus loin.

Il s'est animé en parlant. Ce n'est plus le rêve des lointains féeriques qui l'habite, c'est le métier. Le roulage et ses secrets.

— C'est bon, j'm'en revenais avec ma bonne charge d'épices et un cheval qui rechignait pas à la besogne. Ferré à neuf et tout. Voilà que je traverse une plaine à n'en plus voir le bout. J'y étais engagé d'à peine quelques heures quand la pluie me prend comme tu dirais en ce moment. Le déluge... Sept jours, tu m'entends? Sept jours on a mis, sans rien voir d'autre que des sacs d'eau sur des tourbières. A certains moments, je me demandais si le marécage allait pas noyer la route. Mais non, c'est une route bien faite. N'empêche que quand je roulais deux heures sans voir âme qui vive, je me disais que je m'étais peut-être engagé pour traverser la terre à Caïn !

Le roulier se tait sur ce nom qui reste comme flottant dans l'air mouillé. Léon s'est tourné vers lui. Il n'ose pas interroger, mais ses yeux disent qu'il donnerait gros pour en savoir davantage.

10

Sous un ciel limpide, l'été se met à couler comme du miel. Les journées sont brûlantes mais la fraîcheur des nuits pénètre en la maison et demeure jusque vers midi dans les recoins d'ombre. Emilienne l'entretient en tirant les volets dès que le soleil darde contre la façade. Elle a accroché à la porte d'entrée le store de perles qui cliquette chaque fois qu'on passe. Tous les deux ou trois jours, elle change l'eau de la carafe à mouches qu'elle a installée au centre de la table, sur une assiette où elle a râpé un peu de sucre. Il y a tout de même, de l'aube au crépuscule, un tourbillon d'insectes qui ajoute son bourdonnement au bruit du feu et au tic-tac de l'horloge.

Léon a installé son atelier dans la grange, à gauche du portail. Avant l'hiver, il percera une fenêtre pour avoir de la lumière, il montera une cloison pour ne pas geler. Pour l'heure, il reste rivé à la tâche. Trois journées chaque semaine chez Bouvet, le reste du temps ici, à pousser les heures de besogne le plus tard possible.

Ambroise vient parfois s'asseoir sur un billot à le regarder faire. Il a des hochements de tête d'approbation qui semblent vouloir dire : « C'est bien, mon gars, tu t'y prends comme un bon boisselier. » Mais il ne le dit pas.

Les seilles de beau bois blond et les longues bouilles à vendange s'empilent le long de la cloison qui sépare la grange de l'écurie.

Ambroise travaille aux champs, parfois seul, parfois avec sa fille. Il parcourt également pas mal de chemin dans tout le haut Jura pour préparer son grand départ. Il a commencé par acheter des chevaux. Cinq comtois magnifiques qu'il a mis à la pâture avec Nestor et la Grise. Ça fait de la vie derrière la maison. Une compagnie plus agréable que celle des vaches.

De temps en temps, juste à la pique du jour, le roulier va en chercher un pour se rendre jusqu'à Champagnole. Il y a là un charron qu'il tient pour le meilleur de toute la Bourgogne et de la Franche-Comté. Comme chaque année, il lui a commandé cinq voitures et dix paires de roues de rechange. Il s'en va les chercher une par une à mesure qu'elles sont terminées. Et, chaque fois, il revient avec une voiture flambant neuve qu'il s'en voudrait de faire rouler à vide. A Champagnole, il y a sept sabotiers. Deux sont des maîtres dans l'art du sabot de grand luxe. Ils font des pièces ouvragées, enjolivées et fleuries. Presque de la dentelle. Les dames des villes qui veulent jouer les fermières dans leurs parcs en raffolent. Depuis cinq ou six ans, c'est la grande mode et tous les rouliers en emportent des douzaines de paires jusqu'à Paris, à Bruxelles, à Vienne ou à Berlin.

— Cette fois-ci, annonce Ambroise, je m'en vais partir dans la direction de Bayonne. Ça fait six ans que je suis pas allé par là, j'veux voir ce que ça devient. Je parie qu'avant d'y arriver j'aurai déjà bien liquidé tous les sabots et la futaille. Après ça, ben ma foi, je m'en irai faire le tour de l'Espagne.

Bien entendu, il n'emportera pas que la boissellerie fabriquée par son gendre. Il en prendra chez les Bouvet. Et chez d'autres aussi. On en trouve dans tout le pays. On peut toujours discuter les prix. Sur la seule commune de Château-des-Prés, on fabrique chaque année plus de cent voitures de très bons cuveaux à lessives. Ambroise en a réservé tout un chargement.

— Ça te portera pas ombre, dit-il à Léon, toi, tu fais dans le délicat. Et puis, de toute façon, je t'embarque toute ta production.

Le boisselier se met à rire en répliquant :

— Prenez pas d'engagement. Un jour, votre grange sera trop petite. J'aurai embauché dix compagnons. Vous pourrez toujours cavaler jusqu'à votre Ninigorode, vous serez pas foutu de m'écouler le quart de ce que je ferai.

Ils sont souvent à plaisanter et, un jour qu'elle se trouve seule avec Léon, Emilienne dit :

— Le père, j't'assure que je l'avais jamais vu comme ça. On croirait quasiment que tu nous as amené du soleil dans la maison.

Le boisselier hoche la tête. Son regard brun s'éclaire.

— Ton père, je peux te dire que c'est un fameux bonhomme ! Quand je pense de quelle façon on s'est connus !

Elle se met à rire.

— Y peut être rudement dur, tu sais.

— Ça, pour le savoir, je l'sais ! Sacrebleu oui, que je l'sais... mais c'est un homme de justice. Et qui fera jamais l'ombre d'une crasse à personne. Jamais ! Seulement, celui qui le cherche, il est sûr de le trouver. C'est tout... et c'est très bien de la sorte !

Sa manière de parler témoigne d'une véritable vénération. Un autre jour qu'ils en sont de nouveau à s'entretenir de lui en son absence, le boisselier va jusqu'à dire :

— Ton père, y peut me demander la lune, faudra que je me fabrique une foutue longue échelle, mais je me démerderai pour aller la décrocher.

Emilienne dissimule mal la grande fierté qui l'envahit :

— Sûr que quand on sait le prendre, c'est un homme qui vaut son pesant d'or.

Elle se tait et réfléchit quelques instants avant d'ajouter, sur un ton plus gris :

— Seulement moi, je crois bien que j'ai jamais su. La mère me disait toujours : avec du miel, tu le ferais tourner en bourrique. Seulement, t'essaies de le prendre avec du vinaigre. Et puis tu frottes à rebrousse-poil.

— C'est pourtant simple !

Léon dit cela, puis il s'arrête. C'est simple,

mais il n'est pas en mesure de donner la recette. Il cherche. Il amorce deux ou trois phrases qui restent en carafe et c'est Emilienne qui finit par reprendre :

— J'sais pas si c'est simple, mais ce que je sais, c'est qu'il est pas tout seul comme ça. C'est un Grandvallier.

Le mot reste là un bon moment entre eux avant de s'en aller au vent du vaste plateau. Il a déjà dû dépasser la lisière de la Joux-Devant lorsque la jeune femme se racle la gorge avant d'ajouter :

— Grandvallier, ça veut tout dire. Tu vas demander aux gens de Moscou ce que c'est, ils te le diront. Et ceux d'Amsterdam tout pareil. Et ceux de Rome aussi. C'est une race, quoi !

Le boisselier ne dit rien. Il reste là, à l'entrée de la grange, il a de très fins copeaux accrochés à ses cheveux.

A la fin du mois, Ambroise est pris une pleine semaine par un travail bien payé. C'est le curé de Saint-Laurent qui lui a envoyé ce client. Un original, cet homme-là. Un nommé Victor Droz qui fabrique des caisses d'horloges. Il est de Grand-Combe-Châteleu, pas loin de Morteau. Une terre toute plantée de sapins qui font envie à bien du monde. Du sacré bois ! Eh bien, ce Victor Droz a trouvé moyen d'acheter des arbres dans la forêt du Risoux. Léon qui connaît bien la question a hoché la tête en disant :

— Ma foi, j'l'ai entendu dire plusieurs fois par des vieux luthiers : paraît que le bois du Risoux sonne mieux que les autres. Même qu'on vient en chercher d'Allemagne.

— Pourtant, des caisses d'horloges, c'est pas des violons !

N'empêche que le roulier était tout heureux de l'aubaine. C'est une saison où les chevaux sont bien occupés. L'homme de Grand-Combe-Châteleu, pressé d'avoir son bois, était disposé à payer le prix fort. Ambroise a donc sorti le gros fardier où il a attelé Nestor et deux des chevaux achetés cette année.

— Bonne occasion de les faire tirer un peu et de voir ce qu'ils valent.

Il est parti par la route de Saint-Cergues qu'il a quittée juste avant les Rousses pour tirer sur la gauche, par Bois-d'Amont. Ensuite, la forêt avec ses sapins qui font la nuit en plein midi. Le chargement avec les forestiers qui l'attendaient sur place, puis la descente dangereuse vers Bellefontaine. De là, par Chapelle-des-Bois, Mouthe, Pontarlier et le reste, il a suivi la vallée du Doubs presque jusqu'au terme de son voyage.

Au retour, il a même trouvé à livrer des pièces d'horlogerie à Bonnevaux. Il est rentré par Foncine-le-Bas. Huit journées pleines et sans traînasser en route. Les jeunes chevaux, avec Nestor en flèche, se sont comportés comme de vieux routiers.

A Foncine, il connaît bien la veuve Bernier qui tient l'auberge. Il lui a dit :

— Cette année, je partirai peut-être un peu plus tard. Ma fille s'est mariée. Elle attend un petiot. J'voudrais pas prendre la route sans avoir vu ce gamin!

Et il a ajouté comme pour lui seul:

— Me voilà bien aise d'avoir fait ce charroi pour le Droz, je vais pouvoir laisser quelques sous aux jeunes.

Il arrive avec ces mots encore en lui, à la fin de l'après-midi, en vue de sa grosse ferme bien assise sur la terre. Les chevaux qu'il a laissés se précipitent vers la clôture. Le chien court devant en pensant à la soupe d'Emilienne qu'il doit préférer aux fonds de marmites des auberges.

Dès que le lourd fardier atteint le terre-plein devant la grange, Léon sort de la cuisine. Il n'a pas sa tête de tous les jours. Pas du tout le sourire pour répondre à celui d'Ambroise.

— Qu'est-ce qu'il y a? lance le roulier en arrêtant ses bêtes.

— Dételez, j'vous dirai.

— Dis tout de suite, j'vois que ça va pas.

Le boisselier hésite. Il est comme il était le premier jour, avec ses grosses pattes le long de lui, inutiles, impuissantes malgré leur lourde force rouge.

— Qu'est-ce qu'il y a? répète Ambroise. C'est l'Emilienne?

L'autre fait oui de la tête, et tout de suite, se hâte de rassurer:

— Elle, ça ira. Mais elle a perdu son petiot!

Ambroise soupire longuement. Son visage se plisse. Sa grosse moustache bat des ailes sans qu'un mot ne parvienne à franchir ses lèvres.

— Je vais dételer, dit Léon. Allez la voir.

Le roulier, dans un geste qui ne lui est pas habituel, lance son fouet et son chapeau sur la planche à cul fixée à l'avant du fardier. Sans un regard pour son gendre, il entre.

Son chien, qui vient de flairer toute la cuisine, se trouve contre la porte de la chambre. Il a senti la présence de celle qui, habituellement, lui donne sa soupe.

— Ote-toi de là, Rognard!

Le chien s'écarte mais se hâte d'entrer sur les talons de son maître.

Emilienne est au milieu du grand lit, adossée à deux oreillers. Son visage est plus pâle que d'habitude et un peu de fièvre embue son regard. En silence, Ambroise s'avance et se plie en deux pour l'embrasser. Il dit tout bas:

— Mon pauvre petit.

Elle souffle:

— Que voulez-vous!

— Ma foi...

Ambroise, d'un geste un peu rude, repousse Rognard qui vient de se dresser pour poser ses pattes de devant sur le lit. Comme heureux d'avoir une raison de s'éloigner d'un lieu où il ne sait plus quelle contenance prendre, le roulier dit:

— M'en vas lui tremper une soupe, sinon y va nous ravager après sans arrêt.

Il sort avec Rognard et ferme la porte derrière lui en murmurant:

— Ça sent drôle, dans cette chambre.

Il a déjà versé de l'eau sur le pain dur coupé en morceaux, il ajoute des couennes de lard et va porter la gamelle à Rognard lorsque Léon pousse la porte basse qui donne accès direct à la grange.

— Y sont bouchonnés et je leur ai donné du foin.

— T'as pris de l'ancien ?

— Bien sûr.

Ambroise donne la soupe au chien qui se met à laper goulûment.

L'homme fait des yeux le tour de la pièce et son regard s'arrête sur le balancier immobile de la haute comtoise.

— Tu l'as pas remontée, bon Dieu !

— J'ai oublié.

— J'aime pas ça.

— C'est pas grave. M'en vas le faire tout de suite.

— Laisse, je le ferai... C'est pas grave mais c'est mauvais présage.

Léon baisse les paupières, très gêné. Son beau-père semble réfléchir avant de demander avec un petit geste en direction de la chambre où se trouve sa fille :

— C'est arrivé quand ?

— Lundi soir.

— Donc, l'horloge était déjà arrêtée, puisqu'on remonte le dimanche matin.

— Peut-être bien.

Le roulier soupire.

— J'aime mieux ça !

Léon écarquille les yeux.

— Ha ! fait-il.

— Ça veut dire que ce qu'elle annonçait est arrivé. Viendra plus rien de mauvais.

Léon hoche la tête, pas très crédule. Ambroise va ouvrir la petite porte vitrée qui protège le cadran puis la haute porte du bas où est percé le hublot qui permet de voir le balancier. Il remonte lentement les poids, remet la clé en place et, avant de lancer le balancier, du bout de son index tourne la grande aiguille. Il a sorti sa montre de son gousset. Il est six heures. L'horloge était arrêtée sur deux heures. Il faut tourner, dépasser le claquement du prévient, laisser sonner, puis répéter, puis la demie. Enfin, le tic-tac reprend sa vie dans la pièce où Rognard a fini de traîner sa gamelle sur les dalles. Le roulier va s'asseoir à sa place habituelle. Il semble accablé.

— Donne-moi un verre d'eau.

Léon va puiser à la seille sous l'évier, apporte le pot et un verre. Il verse avant de se laisser tomber sur le banc, en face de son beau-père. Ayant vidé son verre d'un trait, le roulier passe sa main sur sa moustache et demande :

— Elle avait travaillé dur ?

— J'crois pas. Le lundi, j'suis chez Bouvet.

— C'était fait quand t'es rentré ?

— Non, ça se faisait.

— Alors ?

Le garçon se redresse et s'anime un peu.

— J'ai tout de suite attelé la Grise et j'ai filé à Saint-Laurent chercher la mère Broquin.

— Et alors ?

— Je l'ai ramenée au trot. Quand on est arrivés, c'était trop tard. Le petiot était au milieu de tout le sang.

Un long silence s'établit. La porte est ouverte sur le jour déclinant. Un tourbillon de mouches occupe tout le centre de la pièce. Ambroise boit encore un plein verre d'eau avant de demander :

— Qu'est-ce qu'elle a dit, la vieille ?

Léon hésite. Semble chercher ses mots. Soulève ses mains qu'il laisse retomber sur le bois en murmurant :

— Ma foi, elle comprenait pas bien.

— Quoi ?

— Elle a dit qu'il était très avancé pour sept mois.

Ils soupirent tous les deux et tous les deux se regardent en ayant l'air d'attendre l'un et l'autre une réponse qui les soulage, mais c'est une question que finit par poser Ambroise :

— C'était quoi ?

— Garçon... Sans doute mort dans le ventre depuis quelques jours.

— Et bien formé ?

Léon ferme les yeux pour faire oui de la tête, par trois fois.

— Qu'est-ce que vous en avez fait ?

— La sage-femme m'a dit : c'est pas encore un enfant, faut pas faire d'obsèques. Alors j'ai creusé sous le grand charme qui est au fond du ravin, dans la combe d'Amont. Assez profond, j'ai creusé. Et j'ai dit trois Pater et trois Ave.

TROISIÈME PARTIE

La combe d'Amont

11

L'été vient de finir. Le Grandvaux prend sa couleur d'automne avec la rouille des embouches et celle plus sombre des premiers labours. Les sapins paraissent plus noirs. Des feuillus, montent de larges vols roux que le vent essaie en vain de soulever jusqu'aux nuées grises et blanches. Les soirs sont souvent violets avec beaucoup de braises ardentes, longues à éteindre.

— Rougeur du soir emplit les abreuvoirs, dit Emilienne.

Et c'est vrai que les averses sont nombreuses.

Les aubes se voilent de brumes qui traînent jusqu'au milieu de la matinée dans les bas-fonds où l'humidité monte de la tourbe. Les vols de corbeaux s'abattent sur les terres travaillées et sur des éteules cent fois visitées.

Ambroise Reverchon a eu encore deux charrois à faire pour livrer des cuves à fromages dans une fruitière de Montbarrey, dans le bas pays, en lisière de la forêt de Chaux. Au premier voyage, Léon est descendu avec lui. Il a poussé jusqu'à Dole pour revoir sa mère, et il est remonté au deuxième voyage. S'il n'y avait pas les bêtes à soigner, Emilienne l'aurait accompagné pour rencontrer cette belle-mère qu'elle ne connaît pas. Le boisselier a bien parlé de demander à la Julie au Braque de venir tenir la maison, mais le père et la fille ont fait front commun :

— Trop grosse dépense. Une autre occasion se retrouvera.

A présent, le temps est venu pour Ambroise de préparer ses voitures. Léon et Emilienne l'aident à charger. La première, qui sera tirée par Nestor, a déjà pris à la fruitière ce qu'il y a de plus lourd : les fromages. D'énormes roues de comté. Sur la deuxième, une cargaison à surveiller puisqu'elle comporte des caisses où se trouvent, emballés dans de la paille, des mouvements d'horlogerie. On termine avec des sapines. Le reste est surtout de la boissellerie et des sabots. Sur la dernière, du foin et quelques sacs d'avoine et d'orge pour les chevaux. Six belles voitures et six beaux chevaux bien harnachés. Nestor mieux que les autres, bien entendu. Il a sur le front un miroir encadré de cuir clouté en dentelle de métal astiqué.

Une queue de renard le balaie, ses œillères sont luisantes elles aussi, avec le cuivre qui forme deux lettres entrelacées : A. R. Ambroise Reverchon. Aux attelles du collier, à droite une brosse toute neuve, à gauche une étrille. Tout en haut du collier, des clochettes et des grelots.

Quand arrive le moment du départ, Ambroise enfile sa longue roulière grise. Il a graissé ses brodequins. Ceux qu'il porte et une paire de rechange enveloppée dans un vieux bout de bâche et placée dans sa caisse. C'est dans cette sorte de malle bardée de fer tenue par une chaîne aux brancards du premier attelage que se trouvent ses vêtements, son livre de route, son missel. Rognard ne tient plus en place. Même pour un bel os il refuserait de quitter les voitures. Emilienne veut le caresser avant qu'il ne s'en aille. Il la fuit et vient se coller contre les jambes de son maître.

— Y craint que tu l'empoignes au collier pour le retenir. Il est comme moi, quand il a flairé la route, il en faudrait gros pour l'empêcher d'aller au bout.

L'au revoir est vite fait. Il tient surtout en recommandations. Le père répète pour la centième fois ce qu'il faut pour les bêtes. Il termine en disant :

— Et gardez-vous du feu.

Léon :

— Prenez soin de vous.

Emilienne :

— Gardez-vous des batailles.

Ambroise montre le gourdin passé dans une sangle de la bâche, sur la gauche de la première voiture, puis il brandit aussi son fouet en désignant Rognard.

— Ils peuvent y venir, on est quatre pour les recevoir.

— C'est pas des bandits de chemin que j'ai peur, lance sa fille, c'est des batailles de tavernes.

A votre âge, vous devriez tout de même avoir le sang moins chaud.

Le roulier soulève son large chapeau noir et lance avec un rire :

— Qu'est-ce que tu crois, j'suis pas plus vieux que toi !

Il fait claquer son fouet.

— Allez, Nestor !

Le cheval tout frémissant d'impatience gonfle sa force et enlève la charge d'un coup de reins. Ambroise demeure sur place quelques instants pour s'assurer que le reste suit. Puis, sans se retourner, allongeant le pas, il se porte à hauteur de Nestor qui fait tinter ses grelots.

12

La première journée n'a pas été facile. C'est toujours comme ça. D'abord les bêtes qui n'ont jamais fait beaucoup de route ont besoin de s'habituer, et puis, cette étape n'est pas ce qu'on peut rêver de plus agréable. Tortillons sur tortillons pour descendre au fond des vallées et en remonter. Une chaussée souvent défoncée et étroite, des ornières, de la roche en dévers au-dessus de précipices qui effraient les chevaux novices et une assez forte circulation. Il faut souvent perdre du temps pour se croiser ou encore s'arrêter contre la roche pour laisser passer des voitures légères plus rapides.

Entre Cogna et Patornay, il paraît qu'un orage a poussé sur la chaussée une épaisse coulée de roches et de boue. Des charretiers montant le signalent à Ambroise qui décide de se détourner. Il prend par Vertamboz. C'est plus long d'au moins une lieue mais plus sûr, et on évite Clairvaux. De toute manière, le Grandvallier a prévu de coucher à Pont-de-Poitte où l'auberge est bonne, avec une grande pâture pour les chevaux.

Le lendemain à l'aube, il repart. Ses bêtes sont toutes fraîches pour attaquer la côte de l'Heute. Il en vient à bout plus vite qu'il ne pensait. La chaussée a été rechargée durant l'été et même élargie dans les passages les plus délicats.

Il traverse rapidement le replat du premier plateau avant de se lancer dans la descente qui va le mener par les monts de Revigny presque jusqu'à Lons-le-Saunier. Là, il laissera une partie de sa boissellerie et s'en ira, demain matin, aux salines de Montmorot charger du sel pour un client de Lyon. Tout est prévu, préparé par courrier et inscrit sur le livre de voiture.

Ambroise et son équipage arrivent à Lons dans le milieu de l'après-midi. Leur place est retenue à l'Auberge du Cheval Rouge. Ses bêtes bouchonnées et en place devant un râtelier largement garni, Ambroise est bien aise d'avoir un peu de temps devant lui. Il passe une blouse propre, brosse un coup son chapeau et s'en va faire un tour en ville.

Il ne va pas loin avant de rencontrer une connaissance. Suffit de s'arrêter devant la forge. Jaillet est là, à battre le fer d'où partent des bouquets d'étincelles. Trois autres hommes sont à l'enclume ou à l'étau.

— Voilà que tu as embauché ?

Jaillet s'arrête de frapper et lève le nez. C'est un petit homme sec et tout noué. Noir de peau et de cheveux, comme sa forge. Il sourit. Pose son marteau sur l'enclume et tend sa main rêche et chaude :

— Bien aise de te voir, Reverchon.

— Tu as embauché, répète Ambroise.

— Oui, on est quatre, à présent. Le travail presse.

— Tu as tout de même le temps de vider un litre ?

— Le temps, on va le prendre.

Il fait trois pas pour poser sur le rebord de la forge ses tricoises et le morceau de fer qu'il était en train de tordre. Il quitte son lourd tablier de cuir, décroche une chemise qu'il enfile sur son dos luisant et marche vers la porte.

A peine dehors, Ambroise remarque :

— Tu ne m'as pas l'air dans ton assiette.

L'autre s'arrête, le fixe de son regard aussi noir que sa tignasse :

— C'est que je t'attendais. Et je me demandais si tu n'étais pas passé sans venir me voir.

— Jamais de la vie. Tu me connais !

— C'est que j'ai du sérieux à te dire.

— Ah !

Ils vont en silence jusqu'à la taverne. On ne parle pas de choses importantes dans la rue. A la taverne du Pont-Neuf, on descend trois marches pour se trouver sous des voûtes de pierres enfumées. Quelques hommes sont attablés. On salue. Une forte fille à la poitrine serrée dans un caraco à fleurs vient leur apporter un pot de vin d'un litre et deux verres. Le forgeron verse. Il lève son verre. Les deux hommes trinquent en silence puis :

— Pour commencer, j'ai appris la mort de ta femme... Bon, je voulais t'écrire. Mais tu sais ce que c'est...

— Je sais.

Quelques instants avec presque de la gêne installée entre eux.

— Des coups comme ça, on sait déjà pas quoi dire, alors, écrire...

— C'est vrai, reconnaît Ambroise.

Le forgeron réfléchit un moment, le regard rivé à ses mains toutes jaspées de points noirs, posées de chaque côté du verre. Puis relevant la tête, il regarde Ambroise au fond des yeux pour dire :

— Reverchon, ça fait une paie qu'on se connaît. Je te sais violent... Vais te dire quelque chose... Mais faut pas t'emballer. Je me suis demandé longtemps si je devais t'en parler... J'en ai même causé à mon père qui va sur ses quatre-vingt-trois. C'est te dire si ça me tracassait. Je me disais : tu fais mieux de te taire. Le Reverchon, c'est un violent. Puis je me disais : t'as pas le droit de voir moquer un ami. Surtout un homme comme lui.

Il se tait, change ses mains de place, soulève son verre et le repose sans avoir bu.

— Qu'est-ce que c'est donc ?

— Ben, ma foi, c'est rapport à ta fille.

— Ma fille ?

— Oui... c'est bien Emilienne, qu'on lui dit ?

— C'est ça.

Jaillet semble se trouver dans la situation d'un homme qui a levé de terre un sac de grains et n'a plus assez de force pour le hisser sur le plateau d'une voiture. Il respire longuement.

— Est-ce qu'elle s'est pas mariée ?

— Oui.

— Avec un boisselier ?

— Oui.

— De Dole ?

— Oui... Un bon gars. Un nommé Seurot. Léon Seurot. Une bonne famille.

L'autre hoche sa tête noire.

— Justement. Pour lui, c'est pas mieux que pour toi.

Il semble encore buter sur un mot puis, comme soucieux de se libérer enfin, il part grand train :

— Ben, figure-toi qu'avant lui, elle a eu un bûcheron. Un Badoz Aristide. De Frébuans. Une grande gueule qui boit plus qu'une ravine à sec. Quand il a son compte, y s'en va partout raconter que sur le Grandvaux les filles sont faciles et tout et tout.

Ambroise a blêmi. Sa moustache est habitée d'un tremblement. D'une voix sourde, se penchant en avant il demande :

— Et y parle de l'Emilienne ?

Le forgeron fait oui de la tête et se donne le temps de remplir les verres où il restait pourtant du vin. Le roulier demande :

— Il en parle ?

— Y dit même que son père a une grande gueule. Y dit : si le vieux savait ça, y ferait vilain temps. C'est exactement ce que j'ai entendu. Ici. A la table que tu vois au coin, où sont les vieux qui jouent aux cartes.

— Mille dieux! grogne Ambroise dont les poings se sont fermés... Où qu'on peut le trouver, celui-là?

— Justement, il est remonté.

— Remonté au Grandvaux?

— Ben oui. Son père a une ferme à Frébuans, l'été il a besoin de lui. A l'automne, le gaillard remonte au bois.

Il hésite un moment puis, comme son ami demeure silencieux, regard dur et visage fermé, il ajoute:

— Ça doit le démanger. Cette année, il est monté de bonne heure. Les coupes sont pas encore entamées en forêt.

Ambroise ne répond toujours pas. Le forgeron vide son verre, essuie sa moustache noire et sort une pipe et une blague à tabac de sa poche en ajoutant:

— Mais enfin, si elle est mariée, le Badoz en sera pour ses frais.

Comme s'il ne l'avait pas entendu, le roulier, dont le visage vient de s'éclairer, lui dit:

— Ecoute-moi bien... Je sais ce que je dois faire. Tu me connais, j'suis pas homme à avaler ça sans broncher.

— Fais pas de folies.

— Je me donne la nuit pour y penser.

— Veux-tu venir manger la soupe ce soir?

— Non. J'ai besoin de réfléchir. J'aurai peut-être un service à te demander si je dois garer pour quelques jours des voitures chargées.

— C'est pas la place qui manque. Ni la place ni l'envie de t'aider.

— Merci, Jaillet. T'es un tout bon.

Le forgeron l'observe quelques instants avant de répondre :

— J'crois pas être un mauvais. Mais à te voir en ce moment, je me demande si j'ai bien fait de parler.

Ambroise le prend à plein regard et lance :

— T'aurais pu me laisser passer sans rien dire ? T'aurais pu ?

— Ça me serait resté sur le cœur.

Ils trinquent encore et, lentement, ils finissent leur litre presque sans parler. Jaillet tire sur sa pipe qu'il rallume à trois reprises avec un gros briquet de cuivre. Au bout d'un moment, il soupire :

— Dommage que tu fumes pas. Ça aide à réfléchir... Et puis des fois, ça coule frais sur la colère.

— La colère que j'ai, je peux te jurer que du tabac il en faudrait plus gros qu'une voiture de foin pour me l'ôter du ventre. Oui, bien plus gros.

Les énormes poings du Grandvallier se sont fermés. Les veines gonflent sous sa peau tendue. Il ferme à demi les paupières et le regard qui file entre ses cils est une lame glacée.

13

Le roulier n'a guère fermé l'œil de la nuit. Il s'est bien levé plus de dix fois pour aller à la fenêtre. Des nuées transparentes passaient sur la pleine lune.

— Une belle nuit pour marcher. Bon Dieu, me faudrait pas bien du temps pour remonter à pied, en coupant au plus court.

Il allumait son briquet, regardait l'heure à sa montre, et se recouchait en disant :

— Pas de folie. Y a les bêtes et la marchandise. Une journée de plus n'y changera rien.

Avant l'aube il était en bas où le patron, le grand Marlier, et un apprenti allumaient déjà les fourneaux. Du lard froid, une omelette bien baveuse, du pain de boulanger et une chopine de blanc de l'Etoile, bien sec, avec un arrière-goût de pierre à fusil. Ambroise est le premier client. L'ayant servi, Marlier, qui porte une grosse tête ronde et chauve sur un dos voûté, vient s'asseoir en face de lui avec son bol de café au lait.

— Alors, Ambroise, vous voilà parti pour un tour de plus.

Le roulier ne répond pas tout de suite. Il mâche deux bouchées et s'accorde le temps de réfléchir. Puis il dit :

— J'étais parti, seulement faudrait que je remonte sur le Grandvaux. Juste le temps d'aller et de revenir. Et je voulais justement vous demander de me garder cinq bêtes. Je prends juste mon cheval de tête. Les voitures, je peux les remiser dans la cour à Jaillet. Je vous réglerai le fourrage et j'donnerai la pièce au garçon d'écurie.

— J'ai la place, fait l'aubergiste. C'est bien facile.

Il boit une gorgée de son café au lait et regarde manger le roulier. Ambroise aussi l'observe. C'est comme s'il y avait entre eux une casserole dont personne n'ose soulever le couvercle. Finalement, c'est Marlier qui se décide à demander :

— Jaillet, vous l'avez vu ?

— J'l'ai vu hier, oui.

— C'est ce qui vous pousse à remonter ?

— Y vous a parlé de moi ?

Le visage du roulier s'est contracté. Sa voix est comme un outil qui porte à faux sur une pierre. L'aubergiste se hâte de dire :

— Non non, c'est moi.

— Comment ça ?

— Vous savez, le fils Badoz, partout où y peut boire, il va. Et quand il a bu, il cause. J'peux même vous garantir que vous avez de bons amis.

Un jour, cet ivrogne s'est fait sortir d'ici par les frères Jandot, les serruriers de la rue des Salines.

— Les Jandot. Oui, leur père est un ami.

— Ils lui ont dit : t'as pas l'droit de salir un honnête homme. Un homme qui pourrait te rosser s'il était là. Voilà ce qu'ils lui ont dit. Et s'il était pas sorti facilement, je pense qu'ils lui auraient arrangé la gueule.

La réponse du roulier est à peine perceptible. Il siffle entre ses dents serrées :

— La gueule, c'est moi qui vas lui arranger.

— La violence mène à rien, Ambroise. Je pense même que vous allez perdre du temps à le chercher. Dieu sait où il est.

Le roulier se lève. Sa haute carcasse bien droite, la tête fière. L'œil comme de l'acier. Il ramasse son chapeau sur la table et lance :

— Peut-être que Dieu le sait. Moi, en tout cas, j'ai pas besoin de son aide pour le trouver.

Plus calme, il ajoute après un temps :

— Préparez-moi ma note. Et le manger de mon chien.

— Vous réglerez quand vous reviendrez prendre vos chevaux. Pour la soupe de votre fauve, elle est trempée.

Il remercie et file avec la gamelle, sans écouter le grand Marlier qui s'efforce de le retenir, sort d'un pas décidé et pique droit vers l'écurie qui se trouve de l'autre côté de la cour, à l'entrée d'un vaste champ de foire désert. Dès qu'il le voit venir, sans s'éloigner des voitures, Rognard se met à danser de joie en miaulant comme une chatte.

[illegible]

14

Rognard a passé la nuit couché sous la voiture de tête.

— Toi, dit Ambroise, tu pourrais me les garder des jours, mes voitures. Seulement, je te connais, tu serais foutu de bouffer tout ce qui s'approcherait.

Il lui donne sa soupe et va voir ses chevaux. Le garçon d'écurie est un vieux un peu bossu qui doit être là depuis des siècles. Il a connu Ambroise à son premier voyage, alors qu'il apprenait la route avec son père. Bien qu'il ait deux têtes de moins que le roulier, il continue de l'appeler : petiot.

— Dis donc, petiot, ton monstre, y s'est pas arrangé depuis que tu l'as ramené. J'l'avais point vu. J'passe à dix pas de tes voitures, j'ai cru qu'il allait me sauter à la gorge.

Le roulier explique au vieux qu'il va prendre Nestor et lui laisser les autres bêtes le temps de remonter chez lui et de revenir.

La face de nèfle gelée du bossu se plisse

encore davantage. Son petit œil brun enfoui dans les rides pétille. Il crache dans le fumier un long jet de salive brune puis, ayant fait passer d'un coup de langue sa chique de droite à gauche, il lance :

— M'en vas te dire, mon petiot : ton père serait jamais remonté. Ou alors, c'est qu'il aurait oublié son passeport.

— Justement, c'est ce qui m'arrive.

Le vieillard a un petit rire, son crâne luisant devant son bonnet qu'il porte sur l'arrière se balance un peu tandis qu'il s'éloigne en grommelant :

— Ça, mon petiot, tu le feras croire à d'autres. Pas au vieux singe que je suis.

Durant quelques instants, le roulier hésite. On dirait qu'il va suivre le vieil homme et l'interroger, puis, haussant les épaules, il se dirige vers Nestor en grognant très bas :

— Toute la ville...

Il va atteler son cheval à la troisième voiture.

— Rognard, tu restes là. Tu gardes.

Le chien s'assied sous la première voiture et baisse la tête, l'œil plein d'une grande tristesse.

Ambroise va jusqu'à Messia où il décharge ses cuveaux. Il refuse de manger chez son client, achète au passage un pain de trois livres, un saucisson et fait emplir sa gourde de vin. Il mange sur la voiture, en roulant. Ceux qui le croisent et le reconnaissent lui demandent s'il a le feu au cul. Il répond oui, sans ralentir.

Au milieu de l'après-midi, il est de retour. Il passe par les salines pour annoncer qu'il viendra charger le sel avec quelques jours de retard. Tous les gens qui le voient ce jour-là lui trouvent un drôle d'air. A ceux qui lui demandent ce qui le presse tant, il ne répond pas. Il se dépêche d'aller.

A l'auberge, il met Nestor au râtelier en ordonnant au vieux valet de le nourrir et de l'étriller.

— Donnez-lui à boire, mais oubliez pas la paille sur l'eau, il a trotté dur.

— Ça fait soixante-sept ans que je soigne des chevaux, mon petiot. Quand un a couru, je le vois, et ça fait soixante-sept ans que je sais qu'il doit pas boire trop vite.

Ambroise disparaît bien avant que le bossu ait achevé son discours. Il est sorti avec un autre de ses chevaux. Il se hâte de faire cinq voyages pour mener ses cinq voitures chez le forgeron. Jaillet qui l'aide à dételer lui demande :

— C'est décidé, tu remontes ?

— Oui.

— Ce soir ?

— Oui, c'est la pleine lune.

— Ne fais pas de folies.

— Sois tranquille.

C'est tout. Il l'aide de même pour les autres voitures mais sans souffler mot. Ils mettent celles où sont les fromages et les pièces d'horlogerie dans une grange qui ferme bien.

— J'aurais le temps, dit simplement le forgeron, je te laisserais pas monter tout seul.

— J'ai besoin de personne.

Ambroise regagne l'auberge, son fouet sur la nuque, son chien sur les talons. Pour laisser digérer son cheval, il s'accorde le temps de prendre un bol d'une grosse soupe où il coupe du pain. L'aubergiste, à pareille heure, est trop pris pour venir lui parler. Il lui a préparé un panier pour la route. Le bossu lui a mis du foin et de l'avoine sur sa voiture vide. Il l'aide à atteler sans mot dire. C'est seulement quand Ambroise monte sur le siège et empoigne les guides qu'il ose murmurer :

— Moi, j'aurais attendu demain pour partir.

— Vous inquiétez pas, j'irai pas au bout d'une traite.

Il sollicite Nestor qui sort de la cour au pas et prend tout de suite le trot, tandis que Rognard court fièrement à sa gauche.

15

Il fait encore jour quand Ambroise s'engage dans la montée de Revigny, mais la lune pointe déjà son crâne blanc. Le soleil a plongé dans les moiteurs de la Bresse depuis un bon moment. Nestor tient le trot jusqu'au pied de la côte. Dès qu'il sent la montée, il prend le pas. Ambroise saute de la voiture pour se dégourdir les jambes.

— Allez, mon beau, on va jusqu'à Nonia. Encore deux bonnes heures et on y sera.

Ils y sont, en effet, avec un petit quart d'heure d'avance sur ce qu'il avait prévu. Il y a là une grosse bâtisse moitié ferme moitié auberge que tous les rouliers connaissent. Les trois chambres sont occupées, mais il reste la grange avec de la bonne paille. Nestor bouchonné et nourri, Ambroise, après avoir bu un bol de vin chaud avec le patron, va s'étendre dans la paille. Cette fois, il dort. Il se rattrape de la nuit précédente et c'est le réveil d'un cocher de maître qui le tire d'un sommeil épais.

La toilette au grand bac de pierre où chante la

goulette d'une source glacée, une soupe chaude pendant que Nestor liquide son boisseau d'avoine et que Rognard relèche quelques poêlons. Le voilà d'attaque! Il a de la chance d'avoir ce chien qu'on n'a pas encore vu ici. Il est tellement différent de ceux du pays que c'est lui qui retient toute l'attention. C'est à peine si l'aubergiste s'étonne de voir le Grandvallier remonter à cette saison, dans le même équipage que si l'hiver était fini.

— Figurez-vous que j'ai déjà tout liquidé à Lons, fait Ambroise très sérieux.

L'autre écarquille des yeux pareils à des saladiers mais n'a pas le temps d'ouvrir la bouche que déjà Nestor a pris la route au trot. Ambroise attend d'avoir passé le premier tournant pour le mettre au pas. Rien ne presse. C'est à la nuit qu'il faut arriver. On a largement le temps.

Jamais l'automne n'a flambé aussi clair. Jamais les charretiers, cochers et rouliers croisés en chemin n'ont lancé dans le vent un salut aussi amical. Jamais le pâté, le fromage et le vin que le grand Marlier a préparés dans le panier n'ont été aussi savoureux. Le roulier s'est écarté de la route pour manger sans être dérangé. Il partage avec Rognard tandis que Nestor, son sac pendu au nez, se régale lui aussi.

Sans avoir pressé le train, l'attelage débouche sur le Grandvaux alors que l'ombre commence à peine à monter des vallées, poussant les vapeurs vers les hauteurs. Le vent qui a soufflé de l'est toute la nuit précédente et toute la journée s'est rompu le cou au début du crépuscule. Vers le couchant traînent quelques longs stratus d'or dont la lueur effleure la brosse noire des forêts.

Sans hésiter, le roulier quitte le chemin pour s'engager dans une laie rectiligne qui monte lentement à mi-pente d'un bois encore jeune. Il la suit jusqu'à une partie de forêt beaucoup plus vieille. Là, des coupes ont été pratiquées d'où il a sorti du bois durant l'été. La cabane des bûcherons est bonne. Nul n'y loge en ce moment. L'enclos fait de branchages et de solides piquets est toujours en état lui aussi. Ayant dételé Nestor, il lui donne du foin, le bouchonne, puis, par précaution, il suit la clôture pour s'assurer qu'elle est intacte. Là, il hésite un moment. Il regarde Rognard.

— J'me demande si je te laisse à garder ma caisse ou si je te prends avec moi.

Le chien l'écoute. Ses yeux levés vers lui accrochent chacun un éclat de lune.

— Après tout, ici, ça risque pas gros.

Il va ouvrir le cadenas de sa caisse, il soulève le lourd couvercle qui grince comme un oiseau de nuit et cherche à tâtons son livre de route, son passeport et une lourde bourse de cuir. Ayant fourré le tout dans les poches de sa roulière, il referme à clef.

— Allez, Rognard, viens !

Son fouet sur la nuque, il entre sous le couvert après avoir soigneusement refermé l'enclos.

Là, c'est une nuit épaisse, seulement percée par quelques traits de lune plantés de biais entre les sapins. Ambroise pique droit vers le haut. Rognard le suit sans s'écarter.

Ils vont ainsi une bonne demi-heure avant d'atteindre la ligne où le sol bascule. L'autre versant est en pente plus douce et la lisière n'est pas loin. De là, sur la gauche, on voit clignoter les lumières de Saint-Laurent. En bas et à mi-pente, trois points d'or isolés. Suivant les murettes de clôtures qui séparent les embouches, le roulier et son chien tirent vers la lumière de droite, celle qui est vraiment très éloignée de la bourgade.

Lorsqu'ils n'en sont plus séparés que par trois embouches, Ambroise s'arrête.

— Faut pas aller plus près, la Grise serait foutue de nous éventer.

Il a apporté sa pelisse d'hiver. Il l'étend sur le sol le long d'une murette et, s'y étant couché, il s'en recouvre.

— Y a plus qu'à attendre.

Rognard s'allonge contre sa jambe, son gros nez carré posé sur ses pattes.

— Rien ne t'étonne, toi.

Ambroise dort par petits morceaux. Pas besoin de sortir sa montre chaque fois qu'il se réveille, il regarde où en est la lune et il sait l'heure. Vers trois heures, la rosée tombe dru. Presque de la bruine. Il s'assied et, le chapeau bien enfoncé, son col de pelisse relevé, il contemple le bas. Il est peut-être le seul homme qui ne dorme pas. Des brouillards d'argent montent à vue d'œil. On les voit submerger les bois et les maisons, couler sur les prés, emplir les embouches avant d'en noyer les clôtures. Bientôt ils atteignent la ferme des Reverchon dont seule la pointe du toit demeure visible. Ambroise se lève et fait trois pas pour pisser. Il ajoute un tout petit flocon de brouillard à ce qui commence de les envelopper.

Plus floue, la cheminée de sa maison demeure visible et c'est elle qui va lui dire qu'ils sont debout. Elle le dit bientôt. Elle fume presque blanc. Pas le moindre souffle. La fumée monte droit à peu près un mètre avant de s'étendre à plat, comme posée sur la brume translucide. La lune continue de jouer sur tout ça. Ambroise demeure un bon moment en contemplation. La lune baisse encore. Elle commence de baigner dans un gros halo qui lui fait un cocon douillet, quand une clarté laiteuse imprègne peu à peu le ciel du levant. Ambroise quitte sa pelisse qu'il plie en quatre et pose par terre.

— Couché. Tu gardes ça!

Rognard se couche en rond sur la fourrure et regarde tristement son maître qui s'éloigne.

Le roulier suit une murette. Quand elle est rejointe par une transversale, il enjambe. A présent, il est tout à fait plongé dans la purée. Il progresse sans bruit, avec mille précautions. Des buissons plantés le long des pierres, tombent d'énormes gouttes qui crépitent sur le sol. Dans une pâture, sur sa droite, il y a quatre taurillons qu'on laisse dehors la nuit tant qu'il ne gèle pas trop fort. Il les a vus depuis le haut. Il ne les voit plus, mais leur odeur et le bruit qu'ils font en broutant viennent jusqu'à lui. Plus loin il y a son taureau, mais le brouillard le dérobe à sa vue.

Ambroise va ainsi jusqu'au moment où commence à percer une lueur d'or. C'est la porte ouverte de l'étable. Il s'assied sur une roche et ne bouge plus. Les bruits le renseignent. Brouette. Fourche. Rabot d'écurie. Bidons. Des voix aussi sans qu'il comprenne ce qui se dit. Le pas de la Grise qu'on sort pour l'atteler à la petite voiture chargée de bidons. Deux ombres dans la lueur qui s'éteint. C'est à peine s'il devine la lanterne de voiture. Ils partent.

Un silence épais qui prend toute la brume dans son manteau gris.

Attente.

Le jour progresse et la maison approche, plus sombre que le reste. Ambroise s'éloigne et continue de guetter.

Son gendre et sa fille sont partis. Il sait le temps qu'il faut pour descendre et remonter. Il pourrait entrer chez lui, se couper un chanteau de bon pain. Mais non, il ne bouge pas. Quand la voiture remonte, le jour est là. Emilienne est seule sur le siège. La lanterne tremblote, toute pâle dans la brume de lumière.

16

Ambroise a passé sa matinée à jouer avec les mouvements du brouillard. Par trois fois il a dû remonter jusqu'à l'endroit où Rognard est couché sur sa pelisse.

— Profite pour aller pisser.

Le chien va lever la patte contre une pierre puis revient.

Vers le milieu du jour, le soleil n'est pas loin de percer. Tout baigne dans une belle clarté de petit-lait avec des reflets d'un bleu délavé et d'un rose un peu maladif. Ambroise a laissé son panier sous la bâche de réserve de la voiture, mais il a fourré dans la grande poche de sa blouse un gros quignon de pain et une pomme. Il mange assis sur une pierre, le regard à ras d'un mur bas. Il est très bien pour voir le chemin au point précis où il arrive à la ferme. Il lance de petits cubes de pain et le trognon de sa pomme à Rognard. Deux fois pendant son repas, Emilienne est sortie sur le pas de la porte pour lorgner en direction du chemin.

— M'est avis que ça devrait plus être bien long.

Le roulier n'a pas fini son pain depuis plus d'un quart d'heure qu'un homme débouche du dernier tournant.

Ambroise se baisse, enlève son chapeau et, très lentement, remonte jusqu'à couler un regard entre deux pierres. L'homme entre dans la cour à l'instant où Emilienne sort de la ferme. Le voyant, elle se précipite. Ils ont une étreinte rapide juste devant la fenêtre de la cuisine, puis ils entrent, lui le premier, elle derrière qui ferme la porte.

Ambroise respire profondément pour se calmer. Il regarde ses mains qui tremblent légèrement. Il s'impose de rester un long moment accroupi.

Enfin, sans remettre son chapeau, il se lève. Il attend encore un bon quart d'heure, puis, laissant son chapeau sur sa pelisse à côté du chien, il descend d'un pas mesuré droit sur sa ferme. Sa main serre le manche de son fouet dont la lanière reste passée derrière sa nuque.

Il marque un temps d'arrêt à hauteur de la barrière, avant de s'engager sur l'espace entièrement dégagé qui le sépare encore de la ferme. Rien ne bouge. Les vaches sont dans la pâture de derrière avec la Grise.

Ambroise se dirige lentement vers l'écurie. Il entre. Il attend encore, l'oreille tendue, avant de gagner la porte basse qui donne accès direct à la pièce de l'âtre.

Pas un bruit.

Il tire cette porte doucement en la soulevant un peu pour éviter qu'elle couine. Une toute petite flamme lèche encore un reste de bûche. La chambre de sa fille et de son gendre est ouverte. Il s'en approche. Rien. Le lit est fait, pas froissé du tout.

Ambroise respire plus fort. Son visage déjà dur depuis qu'il a commencé de descendre vers la maison se contracte encore. Sans remuer les lèvres, il souffle :

— Pas possible !

Il va jusqu'à la porte de sa propre chambre. Avant d'ouvrir, il prend son fouet en main. Encore une longue aspiration et il pousse la porte.

Les fesses de l'homme sont énormes entre les cuisses de la fille. Tout ça très blanc. Avant que les deux enlacés aient le temps de réagir, la lanière claque.

Et tout de suite, un double hurlement déchire la torpeur de la pièce.

Le temps que l'homme se retire, une ligne rouge paraît déjà en travers de son derrière. Son prolongement marque la cuisse d'Emilienne.

Après le premier hurlement, deux cris en même temps :

— Père !

— Salaud !

Le bûcheron a sauté du lit et fait un bond vers une chaise où sont ses vêtements. Son sexe est dressé. Le fouet cingle encore et l'homme, portant ses mains à son bas-ventre, se plie en deux et hurle à se casser la voix.

— Père! crie de nouveau Emilienne. Non! non! non! Je vous en supplie!

Le rire d'Ambroise fouaille aussi fort que sa lanière.

— Ah, t'as peur pour tes fesses! Reste où tu es. Cache-toi sous le drap, j'ai envie de te cingler le ventre.

Elle tire le drap et se recroqueville contre la tête du lit.

Le bûcheron s'est accroupi doucement, les mains toujours au bas-ventre. Il gémit. Il a presque des sanglots.

— Toi, debout!

Le garçon lève seulement la tête. Une longue face très rouge à présent, barrée par une fine moustache. Une mèche de cheveux sur des yeux où se lit une grande terreur.

— Debout, je te dis. Voleur de femmes!

Il se redresse lentement sans enlever ses mains. Le sang coule sur sa cuisse gauche.

— Alors, fait Ambroise, t'as encore envie?

L'autre se contente de fermer les yeux.

— Sors d'ici.

— Laissez-moi prendre mes habits.

— Après... t'as voulu sauter, je m'en vas te faire sauter dans la grange. Elle est vide. Y a de la place.

— J'vous en prie, j'vous en prie...

— Sors ou je te zèbre la gueule.

L'homme regarde encore vers la chaise où sont une veste, une chemise et un pantalon de velours. Le fouet lui claque à deux centimètres de l'oreille. Il se décide à filer vers la porte. Le sang coule entre ses doigts. Ambroise le suit.

— File à la grange. Tu vas sauter.

Avant de repousser la porte de la chambre, il lance à sa fille :

— Toi, bouge pas d'ici. J'veux que ce soit le Léon qui te fasse danser.

Le forestier se tient toujours les mains croisées sur le bas-ventre, les épaules en avant, le menton contre le haut de la poitrine.

— Allez, file.

Le fouet claque dans le vide. L'homme file vers la grange. Le sang coule aussi sur ses fesses. Son dos est large avec du poil noir par touffes.

— T'es solide, toi. Tu dois pouvoir sauter un moment.

A l'entrée de la grange, il y avait une sorte de cuvette creusée par le passage des voitures. Léon l'a remblayée au moment où il a installé son petit atelier. C'est là que le charretier pousse l'homme.

— Sur la caillasse. On va voir ça comme tu sautes bien !

L'homme grimace.

— T'as des grands pieds, t'as de la chance, ça porte plus large.

Le fouet claque et la mèche s'enroule autour de la cheville droite. L'homme hurle :

— Vous êtes fou !

— Gueule toujours, on est loin de tout, ici !

Le fouet revient.

— Si tu veux pas que je te touche, faut sauter, mon vieux. Allez ! Allez ! Allez !

Le forestier bondit sans cesser de hurler et sans décroiser ses mains. Il se déplace pourtant et Ambroise est trop occupé à ajuster ses coups pour voir que l'autre a repéré une fourche dont il s'approche à chaque saut.

— Allez ! Allez ! Plus vite.

Les visages ruissellent. Celui du roulier est fendu d'un grand rire. L'autre tordu par des rictus de fatigue et de douleur. Son souffle devient plus court. Le sang pisse sur ses cuisses. Trois fois encore la mèche l'atteint aux chevilles. Là aussi le sang perle.

Soudain il bondit. Il empoigne à deux mains le manche de la fourche qu'il pointe en avant.

Ambroise a vécu trop de batailles pour se laisser démonter. Il recule de trois pas et ajuste son coup. Cette fois, la marque du fouet part de l'œil gauche, traverse le nez et va finir sur la joue droite. Le gars rugit en crachant rouge. Il ne voit plus que d'un œil, il a le sexe et les bourses lacérés mais il ne lâche pas sa fourche. Ambroise est obligé de rompre. Dans sa retraite, il heurte du pied le plot sur lequel le boisselier fend ses billes. D'un mouvement d'une incroyable rapidité, il se baisse et se relève à moitié pour lancer ce qu'il vient de ramasser.

Il y a un bruit comme si on cassait une grosse noix sous un torchon mouillé. De toute sa puissance, Ambroise a lancé un coin à refendre. Cette ferraille tranchante d'au moins trois kilos est arrivée en plein sur la tempe de l'homme. Son œil encore intact s'ouvre démesurément. Il lâche la fourche qui tombe à ses pieds et porte ses mains à son crâne. Ses jambes fléchissent.

Lentement, comme s'il demandait pardon, il s'agenouille.

En quelques instants il est presque en boule et verse sur le côté droit. Il n'a pas crié. Un râle énorme sort de lui. Ses lèvres font des bulles de sang.

— Seigneur ! Seigneur !

Ambroise se retourne. Sa fille est sur le seuil. Elle a passé une longue chemise de nuit blanche qu'une tache rouge marque à hauteur de sa cuisse gauche. D'une voix à peine perceptible, elle ajoute :

— Vous l'avez tué.

Le roulier qui a remis son fouet sur sa nuque semble habité d'un calme infini. Il dit :

— Possible. Y voulait m'embrocher à coups de fourche.

Emilienne croise ses mains sous son menton et serre ses coudes sur sa poitrine. Son corps est soudain gonflé d'un énorme hoquet. Elle se tourne sur le côté et se met à vomir.

17

Dès qu'Emilienne a fini de vomir, elle se redresse, s'essuie la bouche avec sa manche et se tourne vers son père.

— Faudrait un docteur.

Ambroise qui vient de se pencher sur le corps toujours en chien de fusil dit :

— Pas la peine.

— Il est... il est...

— Oui. Il est mort.

— Qu'est-ce qu'on va faire ? Qu'est-ce qu'on va faire ?

Elle sanglote.

— Ce qu'on fait pour tous les morts : l'enterrer, dit le roulier.

— Mais... mais...

En vomissant elle a souillé sa chemise déjà tachée de sang.

— Va t'habiller. Et lave-toi la jambe. Puis tu mettras ta chemise à tremper.

Emilienne est figée sur place. Traits révulsés. Joues blêmes. Elle tremble.

Jusqu'alors, son père lui a parlé calmement. Il élève le ton pour ajouter :

— Fais ce que je te dis !

Dès qu'elle a passé la porte de communication, Ambroise va chercher dans un coffre à grains un bout de vieille bâche qu'il lance sur le corps comme un pêcheur lance un épervier. Puis, d'un pas rapide, il quitte la grange et monte à l'endroit où il a laissé sa pelisse et son chien. Dès qu'il le voit, Rognard se met à frétiller et à miauler. Ambroise le caresse, prend sa pelisse et redescend. Il est déjà dans la pièce à feu quand sa fille sort de sa chambre. Elle porte une longue robe grise. Le chien se précipite vers elle.

— Fais-lui une soupe. Il a faim !

Elle ne semble pas avoir entendu et, sans répondre aux grâces du chien, sans s'approcher de son père qui vient de s'asseoir à la table, elle demande :

— Vous êtes sûr ?

— Sûr. Tu peux aller voir.

— Seigneur !

— Le Seigneur est pour rien là-dedans. Si tu t'étais pas comportée comme la dernière des dernières, ça serait pas arrivé.

Elle se laisse tomber sur le banc et, coudes écartés sur la table, le visage sur ses bras, elle se met à pleurer, secouée par des sanglots et des gémissements.

Ambroise ne dit rien. Il la regarde un moment puis, comme cette crise de larmes ne semble pas se calmer, il se lève. Il va puiser à la seille un grand verre d'eau qu'il boit d'un trait. Ensuite il se met à couper du pain dans une marmite. Il y ajoute une cuillerée de graisse de porc et va puiser de l'eau tiède dans la marmite qui se trouve sur le trépied du foyer. Il la verse sur le pain et remue avec une spatule. Rognard suit ses déplacements et chacun de ses gestes.

— Tiens, mange.

Emilienne vient de se redresser. Elle le regarde, l'air effrayé. Comme il revient à la table avec le pot d'eau et son verre, elle lance d'une curieuse voix :

— Vous faites tout ça... Vous tremblez même pas.

— Dis donc, quand t'as tué une vipère en fanant, est-ce que ça te fait trembler ?

— Tout de même !

Sa voix n'est plus larmoyante. Son regard semble moins habité de peur que de colère. Elle répète :

— Tout de même !

— Quoi, tout de même ?

— Un homme, c'est pas...

— T'appelles ça un homme, celui qui vient voler la femme d'un bon gars parti au travail ?

Elle baisse la tête, mais son regard reste rivé à celui de son père. Il passe au ras de ses sourcils et, cette fois, c'est presque de la haine qu'il porte. D'une voix sourde mais qui ne tremble pas du tout, elle fait :

— Les gendarmes, vous croyez qu'y vont dire que vous avez tué une vipère ?

Les sourcils épais du père se mettent en accent circonflexe. Son œil est presque moqueur.

— Les gendarmes ? Tu vois venir des gendarmes, toi ?

Emilienne pose les mains à plat sur la table et se soulève à demi, prête à se sauver.

— Finiront bien par venir !

— Si tu vas les chercher, oui !

Ils se mesurent un moment du regard. L'horloge n'en finit pas de hacher le silence qui les sépare.

— Alors, va ! Qu'est-ce que tu attends ?

Elle se laisse aller. Son corps n'est plus bandé. Ses épaules montent haut et sa tête pèse lourd. Elle souffle :

— Y viendront.

— Ben, en attendant qu'ils arrivent, tu vas toujours m'expliquer depuis quand tu connaissais ce voyou.

— Quelle importance ?

— L'importance, c'est que c'est de lui que t'étais grosse. Le pauvre Léon, non seulement tu l'encornes, mais tu voulais lui faire nourrir un gosse de l'autre. T'es bien de la race de ta tante Marceline, toi. Seulement, cette traînée-là, elle avait au moins eu la décence d'aller faire ça loin d'ici. Dans une ville où on n'y regarde pas de si près. Mais une putain dans la famille, je trouve que c'est déjà une de trop.

Le visage de la jeune femme s'est fermé. Regard glacé, elle fixe son père qui demande encore :

— C'était de lui, ton avorton ?

Elle ne bronche pas. Le père reprend.

— Eh bien, y va aller le retrouver. Et c'est toi qui vas creuser. Tu lui dois bien ça.

Le visage de la fille se durcit encore. Ses yeux se ferment à demi et une espèce de sourire s'ébauche sur ses grosses lèvres comme si elle voulait dire : « Vous pouvez toujours courir. »

— Tu creuseras, dit calmement Ambroise. Mais pas tout de suite. Avant, je veux que tu danses un petit peu aussi. Seulement, je te l'ai dit tout à l'heure : y faut que ce soit le Léon qui mène le bal. Moi, j'suis trop vieux pour faire danser une jeunesse comme toi.

Ambroise se verse un grand verre d'eau qu'il boit lentement avant de grogner :

— J'ai faim. Donne-moi du pain et du fromage.

Elle ne bronche pas. Le charretier porte la main au manche de son fouet.

— Alors, tu bouges !

L'œil plein de rage, les dents serrées, elle se lève pour le servir.

18

Ambroise a mangé de bon appétit. Par trois fois il a demandé à sa fille :

— En veux-tu ?

Elle s'est bornée à faire non de la tête. Parfaitement immobile, les coudes sur la table, les avant-bras dressés, ses deux mains remontent le tissu de ses joues et sa bouche en est toute déformée. Ses yeux sont rivés à la porte basse qui conduit à la grange.

Quand il a fini de manger, le père va se verser un plein verre de vin et revient s'asseoir à sa place. De sa voix la plus posée, il remarque :

— Tu as tort de ne pas manger un bout. Creuser une grande fosse, ça demande des forces.

Le regard d'Emilienne glisse lentement de la porte close au visage de son père qui dit avec un mauvais sourire :

— Tu me foutrais bien un coup de fusil, si tu pouvais.

Il a un regard rapide vers son fusil accroché à

droite de la cheminée, à côté de l'horloge, puis, revenant à sa fille, il reprend :

— Seulement, tu sais qu'il est pas chargé. Tu te dis, le vieux, il est pas tellement rouillé. Le temps que je fasse la moitié du chemin, j'ramasse sa lanière de fouet en pleine gueule. Eh oui, le fusil, c'est bien, mais faudrait toujours l'avoir à la main.

Emilienne demeure aussi figée, lèvres cousues, mais, dans ses yeux mi-clos passe une lueur d'ironie.

— Tu peux rigoler, dit son père.

— J'rigole pas. Y a pas de quoi.

— Si. En dedans, tu viens de rigoler. Je te connais. Mais t'as raison, y a pas de quoi rire. Quand je pense que t'as sûrement commencé à te faire brosser alors que ta pauvre mère était encore de ce monde. Comment vous faisiez ça ? Dans la voiture, en remontant de la fruitière ?

Il semble soudain frappé de stupeur. Son regard s'allume d'une lueur meurtrière.

— Et puis j'y pense. Vous avez même fait ça pendant qu'elle était là-haut, toute raide dans sa caisse ! Et t'es pas morte de honte, dis ? T'es pas morte de honte ?

Elle ne semble pas disposée à répondre. Son œil s'est de nouveau rivé sur la porte derrière laquelle se trouve le mort. Il y passe des lueurs tour à tour dures et très tendres. Ses paupières battent plusieurs fois. Des larmes perlent et coulent sur ses joues. Ses bras se croisent de nouveau sur la table, elle y enfouit son visage et se met à pleurer. Ambroise regarde un moment ses épaules secouées d'énormes sanglots. Il semble hésiter à se lever puis finit par le faire lentement pour se diriger vers sa chambre. Celle où il les a trouvés en arrivant. Il pousse la porte et demeure un moment à contempler le lit où les draps sont tachés de sang, puis la grosse armoire à deux battants dont le bois ciré luit comme un marbre. A travers les rideaux de la fenêtre, on devine la fuite du plateau jusqu'à la ligne noire de la forêt. Le brouillard s'est levé. La lumière est moins grise.

Ambroise se retourne. Sa fille ne sanglote plus mais demeure écrasée sur la table.

— Dans le lit de ta mère... Dans le lit où elle est morte. Ça te gênait moins que dans le lit du Léon.

Il hésite, puis, d'une voix que la colère fait encore trembler, il ajoute :

— Et ce lit, c'est aussi le mien. Celui où faudra que je recouche. Allez, va m'ôter ces draps. Puis aussi les taies d'oreillers. Et tu mettras tremper. J'veux pas que ça attende la prochaine lessive !

Comme elle se lève lentement, il frappe sur la table du manche de son fouet.

— Remue-toi plus vite ou je m'en vas te marquer les fesses, moi !

Elle se hâte vers la chambre, enlève les taies d'oreillers et les draps. Elle fait du tout un gros baluchon. Au moment où elle passe devant son père pour sortir de la pièce, il se reprend :

— Et puis non, fais pas tremper. Tu vas mettre tout ça et ta chemise et les frusques de cet ostrogot dans la grange. On enterrera le total avec lui.

Emilienne ne peut se retenir de soupirer :

— Tout de même, du bon linge comme ça.

— T'occupe pas. J'ai mes raisons.

Le jour décline. La cuisine n'est plus éclairée que d'un peu de lumière grise qui pénètre par la fenêtre. Dès que la fille a posé les draps à la grange, le père ordonne :

— Va remettre du bois sur le feu.

Elle casse quelques brindilles qu'elle pose sur les braises avant d'y apporter deux rondins que la flamme se met très vite à lécher.

— Donne de la lumière.

— Pour quoi faire ?

— Tu verras bien. Allume.

Elle prend une chandelle qu'elle allume et pose au centre de la table. Pendant ce temps, son père va fermer la porte restée entrouverte sur l'extérieur.

— Prends une plume, du papier et la bouteille d'encre.

— Mais qu'est-ce que vous voulez faire ?

— Tu verras. Obéis.

Avec un soupir énorme et un regard chargé de peur, elle s'exécute.

— Assieds-toi, tu vas écrire une lettre. Allez, prends la plume. T'as pas à avoir peur. T'écris ce que je vais te dire.

Des siècles de silence écrasent soudain la maison et le plateau tout autour. Le père reste debout légèrement en retrait de sa fille dont il fixe la nuque et les épaules.

— Ecris : « Père. » En dessous, tu continues : « Vous m'avez fait marier le Léon. C'est un bon gars, mais moi je l'aime pas. Celui que j'aime, c'est l'Aristide Badoz, le bûcheron de Frébuans. Il est remonté au bois. Vous l'avez appris je sais pas comment. Vous êtes revenu. Vous m'avez menacée de fouet. Je me sauve. C'est l'Aristide qui m'avait fait le petiot que j'ai pas pu mener à terme. Je veux qu'il m'en fasse un autre. On s'en va. Vous nous reverrez jamais. Je vous demande pardon pour la peine et au Léon aussi qui est un bon gars. Votre fille qui vous aime. » Et tu signes : « Emilienne Reverchon Seurot. »

Elle a écrit presque sans se reprendre, d'une main assez ferme.

— Fais voir.

Elle tend le papier à son père qui se penche vers la chandelle pour lire. Il observe :

— Y a trois fautes.

Elle soulève une main et la laisse retomber sur la table d'un air de dire que ça n'a aucune importance.

— Je te demande pas de corriger. Ça surprendrait, fait Ambroise.

— Et où voulez-vous que je me rende ?

Il a un ricanement.

— Pour l'heure, pas bien loin. A l'étable traire les vaches.

— Et après ?

— Tu verras bien.

Elle se lève et va près de l'évier prendre deux seilles retournées sur la pierre. Son père allume la lanterne et la précède. Ils passent par la grange sans un regard pour le corps du bûcheron que la lueur n'atteint pas. Ambroise doit appeler par deux fois Rognard que la bâche ensanglantée attire.

Tandis qu'Emilienne se met à traire, Ambroise qui a accroché la lanterne au pilier entreprend de tirer le fumier et de faire la litière. Ils œuvrent l'un et l'autre comme ils l'ont fait si souvent avec ou sans la mère durant les mois que le roulier passe chaque année à la ferme.

Dès que le lait se trouve dans les hautes berthes en fer, Ambroise tire sa grosse montre :

— On a gagné la belle heure.

Sa fille est figée face à lui. Ses fortes mains pendent le long du tablier où elle vient de les essuyer :

— C'est vrai, on est en avance.

— C'est moi qui vas descendre le lait. Comme je veux pas que tu prennes l'idée de t'ensauver, j'vas t'attacher.

Elle a un mouvement de recul.

— Fais pas l'andouille. M'oblige pas à cogner... Allez, viens par là.

Il se dirige vers l'écurie où ne reste que la Grise. Désignant du geste la mangeoire vide, il ordonne :

— Mets une brassée de paille.

Emilienne étale de la paille dans la crèche et se retourne, les yeux pleins de larmes.

— Je veux pas me sauver. J'peux vous le jurer.

— Une fille qui menace son père des gendarmes, c'est bon à tout. Allez, discute pas, couche-toi là-dedans. T'as rien d'un petiot Jésus, mais tu seras pas mal.

Docile, elle s'allonge et, sans ménagement, son père lui lie poignets et chevilles avec une corde solide dont il fixe l'extrémité à un gros anneau de fer fiché dans la planche.

19

La Grise attelée à la petite voiture, le roulier prend le chemin de la fruitière. Il a allumé la lanterne bien que la nuit ne soit pas encore là. Le ciel est rouge vers le couchant et la herse des sapins plante ses dents noires dans cette plaie sanglante. Entre les nuées qui avancent lentement, les étoiles brillent. La lune est déjà détachée de la montagne.

A la fruitière, Ambroise pose son lait. Comme il est le premier, il n'a à répondre qu'au fromager qui s'étonne de le voir de retour :

— L'Emilienne m'a fait faux bond. J'suis obligé d'aviser.

— L'Emilienne ? fait l'autre qui est un gros homme mou curieux comme une pie.

— Oui, je t'expliquerai ça demain. Elle a foutu l'camp avec un moins-que-rien.

Ses bidons vides aussitôt rincés, Ambroise se hâte de sortir et de remonter sur sa voiture. Il continue vers le bourg. Ceux qu'il croise en chemin ont beau lancer des questions, il n'a pas le temps.

Il file droit sur la gendarmerie. Il y trouve l'adjudant Massardier, un grand moustachu de Pontarlier qui a fait son temps dans les dragons, et Rosselier, le fils d'un fermier de Prénovel, qui monte à cheval à peu près comme un parapluie. C'est l'adjudant qui parle, bien entendu, et qui, lui aussi, s'étonne du retour d'Ambroise. Le roulier sort la lettre de sa poche.

— Lisez ça, je vous expliquerai après.

L'adjudant lit, tire un peu sur ses longues moustaches et lance :

— Eh bien, mon vieux !

— Comme vous dites.

— Et alors ?

— Alors je suis venu vous demander de me les retrouver morts ou vifs. Plutôt vifs si c'est possible, parce que moi et le Léon, on aurait un petit peu de plaisir à leur frictionner les côtelettes.

— Mais, mon pauvre Reverchon, votre fille est majeure. Sûr qu'elle aurait pas dû s'en aller comme ça, seulement, moi, même si je pouvais lui courir après, la loi me donne pas le droit de vous la ramener de force.

— Alors, une garce peut laisser son père, son homme, la ferme et tout le bataclan et on peut rien contre elle ?

— Les gendarmes, non. Vous, c'est autre chose. Vous la ramèneriez à coups de soulier aux fesses, elle viendrait pleurer sur ma tunique, je lui conseillerais de la boucler.

Il hésite quelques secondes, regarde son gendarme, puis de nouveau le roulier avant d'ajouter :

— Et encore, faudrait pas la marquer trop.

— Le malheur, c'est que j'ai dans l'idée qu'ils ont dû filer vers le pays de Vaud. Et moi, j'ai laissé mes bêtes et mes chargements à Lons pour remonter au trot. Je peux pas les abandonner.

L'adjudant fait le tour de la petite table tachée d'encre qui les sépare et vient poser sa main sèche sur l'épaule du roulier.

— Je me demande si c'est pas préférable. Paraît que ce bûcheron, c'est un beau poivrot. Quand elle aura mangé assez de vache enragée et pris deux ou trois bonnes trempes, vous la verrez revenir l'oreille basse.

— Qu'elle revienne. J'ai un fouet qui est pas fatigué !

Pour répondre aux questions de Massardier, Ambroise explique que tout Lons est informé par cette grande gueule de coupeur de bois. Il raconte comment il est remonté. Là, il explique :

— J'étais certain de leur tomber sur le poil. Non. Elle était toute seule. Elle a pas rechigné pour avouer. Seulement, alors que je la croyais à traire, la charogne avait foutu le camp. Qu'est-ce que je pouvais faire ? Courir où ? J'sais même pas dans quelle coupe y loge, l'autre ivrogne. J'pouvais pas laisser mes vaches les pis gonflés et manquer l'heure de la fruitière.

— Je vous dis que c'est mieux comme ça.

Ambroise sort. L'adjudant qui le suit sur le

seuil remarque Rognard, allongé à côté de la voiture. Il s'avance. Le chien grogne.

— Dites donc, votre brute, à ce qu'on raconte, c'est lui qui aurait retrouvé le Léon, quand y se sauvait ?

— Sûr que c'est lui.

— Vous pensez pas qu'il vous aurait mené droit sur votre fille ?

Ambroise ne se démonte pas.

— J'ai essayé, je lui ai fait renifler un sabot à elle. Seulement, elle a tant piétiné autour de la ferme, le pauvre, y s'y retrouvait pas. Puis plus loin, y sentait rien. Vous comprenez, c'est pas comme le matin, y a pas la rosée. Les gens, c'est comme le gibier.

L'adjudant fait deux pas en direction de la porte restée ouverte, puis, comme Ambroise grimpe sur la voiture, il se retourne et lance :

— Peut-être que votre chien est comme moi, y pense qu'il vaut mieux que vous la retrouviez pas avant que votre rogne soit retombée !

— Ma rogne, pouvez me croire, même si je suis perché bien haut, vous l'entendrez jamais tomber.

20

La lune a monté. Sa lumière est plus vive et les nuées déchiquetées commencent de circuler plus vite. Des ombres courent sur la terre et traversent le chemin où la Grise avance d'un bon pas. Arrivé devant la boissellerie, Ambroise arrête sa bête, saute de voiture et accroche les longues guides à la poignée de la manivelle :

— Bouge pas, la Grise. Toi, Rognard, reste là !

Il va ouvrir la porte de l'atelier et, du seuil, une main sur la poignée, il lance :

— Le bonsoir à tous !

Le père Bouvet est à la meule, les fils et Léon chacun à travailler des douelles.

— Qu'est-ce qui t'arrive ? lance le père Bouvet sans lâcher la plane qu'il était en train d'aiguiser.

Léon pose son maillet. Il s'avance dans les copeaux qui crissent sous ses sabots en disant :

— Y a un malheur ? L'Emilienne ?

Le sang a quitté ses joues.

— Y a pas de malheur, fait le roulier. Juste un petit ennui. Faut que tu viennes.

Comme Léon continue d'avancer, son beau-père ajoute :

— Quitte ton tablier et prends ta veste.

— T'as besoin de rien ? demande Bouvet.

— Non, j'te remercie. On vous dira ça demain.

Dès que la porte est refermée sur la lumière des quatre grosses lampes à bec qui éclairent l'atelier, Léon demande :

— Qu'est-ce que c'est donc ?

— Monte en voiture, je vais t'expliquer en route.

La nuit paraît plus noire durant une bonne minute, mais la Grise connaît le chemin.

— Qu'est-ce que c'est donc ? répète Léon.

— C'est une sale histoire, mon vieux. Figure-toi que j'ai estourbi un gars.

— Estourbi ?

— Oui. C'est un accident. Y m'a menacé d'une fourche, je me suis défendu. Il est mort.

— Nom de Dieu !

Ils roulent un moment sans rien dire. Puis le boisselier demande :

— Qui c'est ?

— Un salaud. Un qui vole les femmes des braves gars comme toi.

Et Ambroise reprend tout au début. Il dit ses doutes au moment de l'avortement, ce qu'il a entendu à Lons-le-Saulnier. Son retour, sa découverte. La bataille et ce qu'il appelle l'accident.

Chaque fois qu'il marque un temps, Léon bredouille :

— Ça alors... si j'aurais cru !

Puis, quand Ambroise s'arrête de parler après avoir raconté la mort du bûcheron, il dit :

— L'Emilienne, c'est pas possible. Elle aurait pas fait ça comme ça. Ce fumier a dû la forcer.

Ambroise a un petit rire sec qui casse une noisette.

— Mon pauvre Léon, moi aussi, je préférerais ça, mais je peux te dire que c'est pas le cas. Elle avait même l'air de s'en trouver bien aise

— J'peux pas l' croire... J'peux pas l' croire.

Le boisselier a une petite voix d'enfant qui va se mettre à pleurer. Puis, se reprenant, il demande :

— Où qu'elle est ?

— A l'écurie.

— Croyez pas qu'elle sera partie ?

— Ça m'étonnerait.

Ambroise ne dit plus rien jusqu'à la maison. Quand ils y sont, il ne rentre pas la voiture et se contente d'attacher la Grise à l'anneau scellé au mur à côté de la porte de la grange. Comme Léon se dirige vers l'écurie, il l'appelle :

— Viens ici !

Et il l'entraîne à la cuisine. La chandelle brûle toujours sur la table. Le feu très faible menace de s'éteindre. Le roulier le recharge, prend place à table et fait signe à son gendre d'en faire autant.

— Et l'Emilienne ?

— T'inquiète pas. Elle est bien où elle est.

L'autre n'est plus aussi blême, mais paraît complètement hébété. D'une voix blanche, il demande :

— Et... et lui ?

— Dans la grange.

— Bon Dieu ! quelle histoire !

Le roulier sort de la poche de sa blouse la lettre écrite par Emilienne.

— Tiens, lis !

A mesure qu'il lit, l'autre semble reprendre vie. Il y a presque de la joie dans sa voix lorsqu'il dit :

— Ben alors ? C'est vrai ? Sont partis ?

— Ecoute-moi. Lui, il est mort. C'est un accident, mais je dis qu'il l'a bien cherché : y te prend ta femme qui est ma fille et, en plus, il me menace d'une fourche. J'ai fait que me défendre. Seulement, je connais la vie. Je sais ce que valent les gendarmes, les juges et tout le fourbi. Personne me dira : ce gars-là était une vermine, vous avez fait œuvre de salubrité en en débarrassant la société. Pour me remercier, on me foutra au trou. Bien beau si on me coupe pas le cou.

Il s'arrête le temps d'aller puiser un pot d'eau à la seille et d'en boire un grand verre. Léon boit aussi, mais sa gorge doit être nouée, il ne prend que très peu.

— L'Emilienne, dit Ambroise, c'est toi qu'elle a trompé. C'est à toi de la punir.

Une lueur d'effroi passe dans le regard de Léon qui a un mouvement de retrait :

— Punir, punir. Moi, vous savez...

— Comment, elle t'encorne. Son amant va le raconter partout et tu dirais : amen. Ça alors ! Je te croyais plus d'orgueil.

— Et qu'est-ce que je peux faire ?

Ambroise se redresse de toute sa taille. Ses larges mains aux veines saillantes se posent à plat sur la table. Son chapeau légèrement en arrière découvre son front qui se plisse. Empoignant à plein regard le visage un peu mou du boisselier, lentement il déclare :

— Si l'autre était pas mort, j'pense qu'à elle, t'aurais pu lui tanner les fesses à coups de fouet. Après, elle serait allée se faire sauter aux cinq cents diables comme sa tante Marceline. A présent, t'as plus le choix. Elle va creuser. On y mettra l'autre. Puis tu lui foutras un coup de fusil.

Le boisselier réagit exactement comme si le banc où il est assis venait de s'embraser. Il se soulève, se tortille, retombe. Se soulève encore et tout ça en braillant :

— Vous êtes fou ! Vous êtes fou !

Il se lève, enjambe le banc et ébauche un mouvement vers la porte en lançant :

— J'aime mieux me sauver tout de suite.

Plus rapide que lui, Ambroise va se planter devant la porte.

— Holà ! T'ensauver pour aller où ? A la gendarmerie ? Pas la peine. J'y suis passé. Je leur ai montré la lettre. Pour eux, l'Emilienne et son cochon sont déjà en route pour le pays de Vaud.

— Je dirai rien à personne. Je le jure. Je veux m'en aller. Je veux pas lui faire mal…

Il a presque des sanglots dans la voix.

— Tu m'écœures.

— Je vais l'emmener avec moi. Je peux…

Ambroise l'interrompt d'un gros rire :

— C'est ça. Vous foutez le camp tous les deux. Le vieux se démerde avec le cadavre. Tu vas prévenir les gendarmes et ta putain se trouve un autre bûcheron.

Le boisselier retourne lentement vers le banc où il se laisse choir, le dos à la table, le corps écrasé.

— Mon pauvre Léon, tu me fais tellement pitié que je regrette de pas les avoir liquidés tous les deux avant d'aller te chercher. T'aurais jamais rien su.

Léon lève les yeux. Il fixe son beau-père comme s'il avait en face de lui le diable en personne. Il bégaie :

— L'Emilienne… vous… vous… c'est pas vrai… c'est pas…

Il se lève soudain. Il n'est plus écrasé. Les poings serrés, le front bas et l'œil plein de feu, il lance :

— J'veux la voir !

— C'est sûr, que tu vas la voir… Allume une lanterne.

Le garçon se précipite, décroche du plafond une lanterne que ses mains fébriles ont du mal à ouvrir et à allumer. Pendant ce temps, tout à fait calme, le roulier va décrocher son fusil et sa cartouchière. Il charge le fusil, boucle la cartouchière. Léon qui le regarde crie :

— Vous êtes fou !

— T'inquiète pas pour le fou. Passe devant. Et fais pas le zouave, je suis chargé pour le sanglier, t'as sûrement pas la peau si dure.

21

Pour se rendre à l'écurie, ils ont passé par la grange, mais Léon n'a pas éclairé ailleurs que devant lui. Il n'a pas vu le corps du bûcheron recroquevillé sous son bout de toile. Dès qu'il pousse la porte de l'écurie, un gémissement vient de la mangeoire. Le faisceau de lumière tremblotante cherche et s'immobilise au bon endroit. Emilienne lève ses mains liées.

— Bon Dieu, fait Léon en se précipitant, c'est pas possible ! Jésus Marie !...

— Tu peux aussi ajouter Joseph, lance le roulier avec un rire bref et dur.

Léon accroche la lanterne au pilier le plus proche.

— Détache-la, ordonne Ambroise.

— Certain, que je vas la détacher.

Comme il porte la main à sa poche de pantalon, Ambroise l'arrête :

— Pas de couteau. Ma corde est toute bonne, défais les nœuds.

— C'est serré.

— M'en fous. Elle avait qu'à pas tirer dessus... On a le temps. Le jour est encore loin.

Léon libère les mains. Emilienne parvient à s'asseoir. Elle se frotte les poignets. Son visage est barbouillé. Elle a pleuré et les larmes ont tracé des rigoles dans la poussière de foin.

— Emilienne... Emilienne, murmure Léon.

Dès que les pieds sont détachés, elle se courbe en avant pour se frotter les chevilles.

— Lève-toi, ordonne le père. Allez, sors de là-dedans.

— J'ai mal.

— T'auras pas mal longtemps.

Elle est descendue de la crèche et continue de se masser les poignets. La trace des liens y est profonde et rouge.

— Demain, ce sera tout bleu, fait-elle.

— Personne le verra, dit son père.

Léon qui est resté figé à côté d'elle a un geste maladroit comme pour la prendre par l'épaule.

— Y veut te tuer... y veut te tuer...

Elle le repousse doucement en disant :

— Tais-toi donc.

Seuls la mastication des bêtes et le crissement du foin qu'elles tirent entre les barreaux de bois des râteliers occupent la pénombre. La voix du boisselier se fait implorante.

— Pourquoi que t'as fait ça, hein ? Pourquoi ? Moi qui t'aime si fort.

Sur un ton un peu railleur, elle répond :

— Cherche pas à savoir, mon pauvre Léon. C'est trop compliqué pour ta tête.

— Tu vois, intervient Ambroise, en plus de ça, t'es un con !

Comme s'il n'entendait rien, le boisselier continue de larmoyer :

— Pourquoi que t'as fait ça, hein ? on était si bien... pourquoi... ?

— Allez, coupe Ambroise, on a de l'ouvrage.

Il recule pour les laisser passer. Il tient toujours son fusil sous le bras droit, mais sans vraiment les menacer. Il décroche la lanterne au passage et les pousse vers la grange. Dès qu'ils y sont, il braque la lumière sur la bâche. Du sang a coulé sur le sol.

— Emilienne, va faire reculer la Grise. Vous allez me charger ça sur la voiture.

La fille ne bouge pas.

— Alors, faut prendre le fouet ?

Elle se décide à sortir tandis qu'il lui lance :

— Essaie pas de filer, les chevrotines, ça va plus vite qu'un cheval.

Tandis que la voiture manœuvre, il s'adresse à Léon.

— Toi, empoigne la fourche. Tu vas me mettre de la paille dans la voiture que ça tache pas le plancher. (Il ricane.) Fais pas comme lui avec la fourche, tu vois où ça l'a mené. Et j'avais même pas mon fusil.

La voix du roulier est terriblement tranchante. Il jette les mots comme des cailloux. L'obscurité de la grange pèse sur ces trois vivants et sur ce mort.

Quand l'arrière de la voiture se présente, le

chien entre lui aussi et va tout de suite renifler la toile ensanglantée.

— Rognard. Dehors... Allez, file!

Voyant son maître approcher, le chien part et disparaît dans l'ombre. Emilienne, qui avance dans la lumière, grogne:

— Même à votre fauve vous faites peur.

— Toi, le diable t'effraie pas!

— Si la mère était là.

— Ta pauvre mère, tu devrais pas en parler. T'as osé te faire brosser dans son lit!

Il se tourne vers Léon.

— T'es sûr que tu veux pas lui foutre quelques coups de fouet?

Terrorisé comme si on le menaçait lui-même, le boisselier fait non de la tête.

— Alors, balance-moi de la paille sur la voiture.

A la troisième fourchée, il l'arrête:

— Ça suffit. A présent, vous allez le charger.

Ils ne bougent pas plus l'un que l'autre.

— Alors? Qu'est-ce que vous attendez? Y va pas vous mordre!

Il y a dans le ton presque de la joie. Sa fille avance la première. Elle se penche vers la bâche puis se relève en disant:

— Ça va s'ouvrir. Faudrait passer un bout de corde autour.

— Si tu veux. Prends derrière le portail. Y a des vieux bouts. Largement de quoi l'empaqueter.

Léon reste planté à côté de la voiture. On le dirait cloué à la roue tant il est raide. Son regard est rivé à ce paquet qui semble lui inspirer une grande terreur. Emilienne va au portail. On l'entend chercher dans l'ombre. Elle revient avec deux bouts de corde.

— Attache-les.

Elle fait un nœud. Ses mains ne tremblent pas. Son regard se lève de temps en temps en direction du visage d'Ambroise et la lanterne y fiche chaque fois deux pointes d'or. Lorsqu'elle a attaché bout à bout deux longueurs de corde, elle se tourne vers Léon et dit sur un ton qui rappelle certaines intonations de son père :

— Allez, toi, viens m'aider !

Léon obéit avec des gestes d'automate. La terreur a complètement vidé son regard.

— Lève, que je passe la corde dessous.

Il ne sait pas comment empoigner cette bâche. Enervée, Emilienne lui tend la corde.

— Tiens. Passe-la dessous.

Saisissant deux angles de bâche, elle fait légèrement basculer le corps en soulevant. Léon, surmontant sa répugnance, passe la corde sous la bâche. Ils font un tour, puis un autre en travers et c'est Emilienne qui serre comme elle ferait d'une javelle. En y mettant toute sa vigueur.

— Comme ça, on peut lever.

Ils prennent par la corde, chacun d'un côté, et réussissent sans trop de mal à charger ce fardeau sur le plancher de la voiture.

— L'est déjà raide, remarque Emilienne.

— Prends la bride, ordonne le roulier. Toi,

Léon, mets une pelle et la bonne pioche sur la voiture.

Lui-même ramasse le paquet de draps et de linge tachés de sang qu'il lance à côté du corps.

Comme il éclaire le plateau, il crie :

— Arrête, Emilienne. T'as pas seulement déchargé les bidons.

Léon les empoigne et les descend.

— Enterré pareil qu'un chien, dit Emilienne.

— Mérite pas mieux ! Quand tu y as fait mettre ton avorton, au fond de la combe, t'as pas demandé une messe. Allez, fais tirer !

Il éteint sa lanterne et va aussi éteindre celle de la voiture.

— On y voit assez avec la lune.

Le ciel pousse toujours des nuées transparentes, mais moins nombreuses. Les ombres qui s'étirent sur les embouches sont noyées d'une clarté glauque.

C'est seulement quand ils arrivent à la lisière de la forêt, où le chemin s'enfonce entre deux talus habillés de ronciers, qu'une demi-obscurité les enveloppe. Emilienne ouvre la marche, tenant la Grise par la bride. Léon va derrière la voiture comme s'il suivait un corbillard et Ambroise vient à quelques pas, son fusil sous le bras, son fouet sur la nuque et son chien sur les talons. Son chapeau noir à larges bords tient son visage dans l'ombre. De temps en temps il s'arrête, pivote sur place pour regarder tout autour, puis, reprenant sa marche, il allonge un peu plus trois ou quatre pas pour reprendre la bonne distance.

22

Lorsqu'ils atteignent le fond de la combe d'Amont, Ambroise fait arrêter la voiture sous le charme centenaire qui étale ses branchages que les vaches cisaillent très ras, à hauteur de mufle, parfaitement parallèle au sol.

— Où tu l'as mis ?

Léon va jusqu'à une grosse pierre.

— Là, j'ai mis la pierre dessus.

— Y a trop de racines pour pouvoir creuser grand juste à côté. Le charme s'étale dessous autant que dessus. Faut creuser hors du cercle.

Il marche un peu à la limite des branches pour s'arrêter au point le plus bas. Il frappe le sol du talon et dit :

— Là !

Emilienne prend la pelle. Elle fait quelques pas, s'arrête et se retourne. Léon semble statufié.

— Prends la pioche et amène-toi.

Il obéit lentement. Ils rejoignent Ambroise qui répète :

— Là !

Comme Léon ne semble pas décidé à creuser, d'un geste rageur Emilienne lui arrache la pioche des mains, lui donne la pelle et se met à taper. Le sol meuble se travaille bien. De temps en temps, une grosse pierre fait sonner le fer de l'outil en lui arrachant quelques étincelles. Quand Emilienne se redresse parce que le moment est venu de pelleter, Ambroise dit :

— Tu sais, Léon, t'es pas obligé de l'aider. Toi, tu y es pour rien, dans leurs saloperies.

Le visage du boisselier se contracte. On dirait qu'il va céder à la colère, puis il se plisse comme si les larmes n'étaient pas loin. Il ouvre la bouche mais ne trouve pas une syllabe à articuler. Les dents serrées, il se met à déblayer la terre très vite.

Ils vont ainsi un train d'enfer, comme si la peur leur donnait du nerf et des forces. Ils sont souvent obligés de se mettre à deux pour sortir de grosses roches. Ambroise a fait avancer la Grise et s'est assis sur le siège de la voiture. Il les surveille. Il jette aussi, de loin en loin, un regard circulaire. La combe prise à mi-pente dans la forêt est bordée d'un petit mur interrompu seulement à l'entrée du chemin où se trouve une barrière. Tout au fond, à quelques pas à l'angle, une maigre source sourd entre des joncs avant de disparaître sous le mur.

— Demain, dit Ambroise, j'y amènerai mon taureau. Sera bien ici. Y tassera la terre. Et personne viendra y mettre le nez.

Les autres ne l'écoutent pas. Ils continuent de creuser, s'épongeant le front d'un revers de manche. A deux ou trois reprises, Léon s'est seulement arrêté de travailler pour se tourner vers sa femme et demander, toujours implorant :

— Pourquoi t'as fait ça ? Pourquoi, dis ?

Chaque fois, d'un ton tranchant, Emilienne a répliqué :

— T'occupe pas. Creuse toujours !

Le ciel s'est presque totalement débarrassé de ses nuées lorsque le roulier leur dit :

— C'est bon, ça suffit comme ça.

Emilienne s'approche de la voiture. Agacée, elle se retourne pour appeler Léon.

— Alors, tu bouges, oui !

Il la rejoint. Son visage ruisselant est marqué par une grande répugnance. Sa femme transpire moins que lui. Elle semble à présent habitée d'un calme absolu.

— Empoigne.

Ils prennent le paquet par les cordes comme ils ont fait pour le charger. Ils le portent directement dans la fosse où il tombe avec un bruit mou.

Ambroise qui a sauté de la voiture les suit et reste derrière eux. Dès que le corps est au fond, il ordonne :

— Allez chercher la paille et le paquet de draps avec ses frusques.

Léon apporte la paille d'une grosse brassée et sa femme tient le baluchon de linge et les vêtements du bûcheron.

— La paille et les fringues dans la fosse. Les draps au bord.

Emilienne pose le paquet et se retourne, l'air étonné.

— Léon, fais tirer la Grise jusqu'à la barrière. Tu l'attaches puis tu reviens.

Le boisselier obéit.

— Ici, Rognard!

Le chien vient se coucher contre le pied gauche de son maître qui dit à la fille:

— Toi, va te mettre à genoux au bord du trou.

Emilienne le regarde. Ses yeux sont immenses. Une lueur d'effroi les habite qui fait place aussitôt à quelque chose qui tient à la fois de la haine et de la soumission tranquille, résignée. Elle pousse un soupir qui est presque de soulagement.

Le vent chante dans le haut de l'arbre. La voiture couine en s'éloignant.

Emilienne s'est agenouillée. Elle joint les mains et baisse la tête. Ses lèvres remuent et un murmure à peine audible en sort.

Elle a un léger hochement de tête. Ambroise lève son fusil dont le canon touche presque la nuque de sa fille. La détonation emplit toute la combe qui n'en finit plus de l'absorber.

23

Quand le coup de feu a claqué, Léon finissait juste d'attacher la Grise. Il a sursauté. Au moment où il s'est retourné, il a vu le corps se coucher sur le côté et basculer dans la fosse. Alors, quittant ses sabots, il est revenu à toutes jambes.

Il va tellement vite qu'il s'entrave et s'étale de tout son long. Quand il se relève, c'est pour voir Ambroise, droit au bord du trou, le fusil à la bretelle, le chapeau de la main gauche en train de se signer. Reprenant sa course il hurle à se briser la voix :

— Non ! Non ! Salaud !

Il arrive tout disposé à se ruer sur son beau-père, mais un regard suffit à le clouer sur place et à lui rentrer ses insultes dans la glotte. Il ne peut plus que se laisser tomber à genoux sur la rive de ce trou, les mains jointes contre son front en larmoyant :

— Milienne... Milienne... Pourquoi ? Pourquoi ? On était si bien...

D'une voix où l'émotion et la colère se mêlent, le père ordonne :

— Dis une prière.

Pareil à un chien soumis, Léon se redresse et, toujours mains jointes, bredouille une prière.

Dès qu'il s'est signé, il se lève avec peine. On dirait qu'il va perdre l'équilibre et plonger tête première pour rejoindre les autres. Il fait tout de même les deux pas qui le séparent du roulier dont il empoigne la blouse à pleines mains. Il voudrait le secouer, mais c'est son propre corps qui va d'avant en arrière, tiré et poussé par le mouvement de ses bras. L'autre reste aussi enraciné que le gros charme dont l'ombre approche du tas de terre remuée.

La pauvre voix de Léon n'a pas plus de vigueur que ses muscles :

— Qu'est-ce qu'on va faire ? Qu'est-ce qu'on va faire ?

Ambroise frappe un coup sec de la main sur les poignets de Léon qui lâche prise.

— Reboucher.

Léon est alors secoué par des sanglots énormes dont l'éclat doit s'entendre au diable. Ambroise va poser contre le tronc du charme le fusil dont il vient d'extraire une douille vide qu'il met dans sa poche. Il déboucle sa cartouchière qu'il pose à côté de l'arme avec son chapeau. Puis il revient.

— Aide-moi.

Il défait le nœud fermant le baluchon de drap et prend deux angles.

— Empoigne l'autre bout.

Sans cesser de sangloter, l'autre obéit en prenant soin de ne pas toucher les endroits tachés de sang. Ambroise lève et fait rouler dans la fosse l'autre drap, la chemise de nuit d'Emilienne et les taies d'oreiller.

La vue de cette chemise arrache un cri au boisselier qui lâche le drap et fonce sur Ambroise en criant d'une voix d'enfant :

— C'est pas vrai ! c'est pas vrai !

Une mornifle magistrale, dure comme un battoir de frêne, brise net son élan et ses cris. Il reste un instant à chercher son souffle.

— Va empoigner ce drap, qu'on l'étende dessus.

Encore étourdi par le choc, le boisselier s'exécute. Ils mettent le drap pour recouvrir les corps puis, sans attendre, Ambroise entreprend de remblayer. Il va de toute sa vigueur un bon moment. La terre fait peu de bruit en tombant sur le tissu.

— Continue !

Il tend la pelle à son gendre qui le regarde avec, dans les yeux, une lueur de meurtre. On croirait qu'il va lever la pelle et tenter de tuer Ambroise, mais non, il baisse la tête et se met au travail. Sans se soucier de lui, le roulier prend les pierres et les lance dans le trou. Tout en travaillant, Léon ne cesse de geindre :

— Seigneur !... Pas possible ! Pas possible !

Dès que la terre est bien aplatie, Ambroise prend la pelle et tire des feuilles mortes. Il répète :

— J'vas y amener mon taureau.

Il ramasse son chapeau et son arme, puis, lui portant la pelle et son gendre la pioche, ils rejoignent la voiture. La lune a déjà parcouru une large part de ciel. Plus un seul nuage, mais le vent qui fait brasiller les étoiles est descendu jusque sur la terre. Il chante sombre dans la forêt et siffle clair à l'angle des petits murs de pierres sèches. La jument va son pas habituel. Ambroise tient les guides pour la forme, la jument saurait aussi bien rentrer seule.

Ils ont déjà parcouru plus de la moitié du chemin lorsque le roulier se décide à dire :

— Demain, j'irai voir la Julie au Braque. Elle viendra tenir la maison pendant qu'on sera loin. C'est bien la seule à qui je puisse faire confiance.

Léon tourne la tête vers lui.

— Loin ? fait-il.

— Ben, faut repartir, j'ai laissé mes bêtes en route... Puis toi, je te vois mal rester ici.

— Moi, fait Léon sombrement, je retourne à Dole.

Ambroise lui tape amicalement sur le genou en disant :

— Que non, mon pauvre Léon. Tu retournes pas chez toi. Tu viens avec moi. J'aime mieux t'avoir sous la main...

— Mais... mais... J'suis pas roulier, moi !

— Tu peux apprendre. C'est un bon métier. T'irais tout seul et, un jour, tu prendrais un verre qui te délierait la langue. Tu risquerais autant que moi. C'était ta femme. C'était son coquin. Qui dit que c'est pas toi qui les as tués tous les deux ? Rien ne le prouve. Moi, j'ai même vu les gendarmes. Les corps se trouvent où t'avais déjà enterré l'avorton. Moi, j'étais loin, à ce moment-là.

Léon s'est écarté du roulier qui dit :

— Va pas tomber de voiture, ça suffit pour cette nuit.

— Ça alors... ça alors...

C'est tout ce que le boisselier parvient à trouver. Ambroise le laisse mariner un bon moment dans une sorte de stupeur que nulle vraie colère n'arrive à soulever. Ils approchent de la ferme totalement obscure.

— On y a mis le temps, observe le roulier, la chandelle de la cuisine est finie.

L'autre est bouche bée, comme si, après un coup à l'estomac, il ne parvenait pas à reprendre son souffle. Ambroise laisse couler un moment, puis, tapant de nouveau sur le genou du boisselier, il se borne à dire :

— Ben oui, mon pauvre Léon. Avec tout ça, nous voilà quasiment comme mariés, tous les deux ! Inséparables ! Faudra s'y faire.

Quelques minutes passent. Coudes sur les cuisses, tête basse, Léon porte vraiment sur son dos courbé tout le poids de cette nuit qui va bientôt tirer vers le large du ciel l'aube endormie derrière la forêt obscure.

24

De retour à la ferme, les deux hommes ont rallumé le feu et fait chauffer un reste de soupe.

— Léon, tu vas aller dormir.

— Dormir ? Ça risque pas !

— Va toujours t'allonger.

— Et vous ?

— Moi, j'ai les bêtes à m'occuper.

Léon repousse son assiette et se lève exactement comme s'il avait le fond de culotte collé au banc par de la résine. Il marche lentement et, le temps qu'il se rende à la porte de la chambre, il répète au moins dix fois :

— Pas possible... pas possible.

Dès qu'il a disparu, Ambroise se lève et va à l'écurie. Les premières lueurs brossent de gris les vitres de l'étroite fenêtre où un léger mouvement d'air fait vibrer les toiles d'araignées. Ambroise y voit assez pour se mettre à tirer le fumier et à renouveler la litière. Quand il sort vider sa première brouette, un brouillard blanc comme neige commence à monter des vallées et des creux. Il roule et s'étire pour envahir peu à peu le plateau.

— J'ai le temps d'y aller avant la traite.

Ambroise quitte ses sabots à la porte de la cuisine. Pieds nus, il va jusqu'à la chambre qui fut celle de sa fille et pousse doucement la porte qui n'était pas fermée complètement. Le boisselier est étendu une jambe hors du lit, le corps tordu à hauteur des reins, le bras gauche replié sous la joue, le droit plié lui aussi mais de telle sorte que la main accrochée au drap tire le tissu vers le visage. Un ronflement modeste est parfois interrompu par un soubresaut accompagné d'une sorte de hoquet.

Ambroise referme la porte et regagne l'écurie. Il la traverse pour se rendre dans l'étable où il détache son taureau qu'il tient ferme par l'anneau que l'énorme animal porte aux naseaux. Sans crier, avec des gestes très doux, il le fait reculer pour le sortir de sa stalle. Puis, passant une trique recourbée dans l'anneau, il l'entraîne vers l'extérieur. Chaque fois que la bête fait mine de s'arrêter ou de vouloir allonger le pas, le roulier lui parle doucement et lève un peu la trique qui exerce sur l'anneau une amorce de pression.

Lorsqu'ils parviennent à la combe, le brouillard y est si dense que, de la barrière, on ne devine que la cime du gros charme. Ambroise libère sa bête et referme la barrière.

— Allez, va !

Le taureau le regarde un moment puis, ébauchant une sorte de courbette, il se retourne d'un bloc et fonce au grand trot dans le brouillard.

— C'est bon.

Rentré chez lui, Ambroise trait ses vaches. Une fois les bidons chargés et la Grise de nouveau dans les brancards, il sort la voiture de la grange où il revient.

En dépit du brouillard, le jour a grandi. Le roulier prend une pelle et s'en va gratter le sol de terre battue partout où le bûcheron a saigné. A plusieurs reprises, il doit écarter Rognard qui lèche la terre. Il finit par l'amener près de la voiture qu'il lui ordonne de garder. Quand il a mis dans la brouette tout ce qu'il a gratté de terre, il va la vider dans la fosse à purin. Le liquide brun et épais absorbe lentement cette poussière. Ambroise attend que tout ait disparu et revient dans la grange qu'il inspecte soigneusement avant d'éparpiller partout de la paille et du foin qu'il piétine.

— C'est bon !

Lorsqu'il va déposer son lait à la fruitière où, une fois de plus, il est le premier, le fromager lui demande :

— Alors, t'as du nouveau ?

— Du nouveau ? J'en attends même pas. Sont partis, bon vent. J'aime mieux ne pas les revoir. J'pourrais pas me retenir de les corriger.

— T'aurais bien raison. J'en connais point qui te donnerait tort... Et le Léon ?

— Pauvre gars, il prend ça très mal. J'crois que je m'en vas l'emmener avec moi pour lui changer les idées.

— Ce sera pas une mauvaise chose. Et ton train de ferme ?

— La Julie au Braque. J'vois qu'elle.

— Sûr qu'elle demandera pas mieux.

— J'espère.

Le fromager parle encore de ces voyous d'ailleurs qui s'en viennent dévoyer les femmes jusqu'en montagne. Ambroise l'écoute avec patience. Par ce gros homme, tout le village sait toujours tout ce qu'on veut faire savoir, et même le reste.

La Julie au Braque ne s'est jamais tout à fait remise de la mort de son homme qui était facteur des postes. C'est une forte femme au visage épais ombré de duvet. Une poitrine lourde tend la toile noire de son caraco très propre. Elle est fort heureuse à l'idée de mener le train de ferme. Désignant du menton Rognard qui ne quitte pas la voiture de son maître, elle dit seulement :

— Et lui, tu le laisses pas ?

— Que non. Y me suit partout.

— J'aime mieux ça. Y me fait peur. Il n'a pas une vraie gueule de chien.

Sortant de chez elle, Ambroise va arrêter sa voiture devant le presbytère. Il attache sa jument à l'un des anneaux scellés au mur et cogne du lourd marteau de métal. Le prêtre qui est un homme maigre au teint cireux vient lui ouvrir, la bouche pleine.

— C'est toi ?

— Comme tu vois.

— Entre.

— Non, j'veux te voir à l'église.

— Je reviens juste de ma messe. Je commence de déjeuner.

— M'en fous. J'ai pas le temps d'attendre. Tu finiras après.

Le prêtre va en ronchonnant fermer la porte de sa cuisine. Un chat noir lui passe entre les jambes tandis qu'il décroche son chapeau.

— T'as pas changé. A quatre ans, fallait déjà que tu nous mènes tous à la baguette. Et mon pauvre père me disait que le tien était de la même venue.

Ambroise ne répond pas. Le prêtre qui a du mal à le suivre reprend pourtant :

— On te voit à l'église chaque fois qu'il te tombe un œil, et puis, quand le foutreau t'empoigne faut y aller comme s'il y avait le feu. Qu'est-ce que tu me veux donc ?

— Viens toujours.

— Si c'est pour me parler de l'Emilienne qui est partie, tu pourrais le faire à la cure.

Ils croisent des gens qui se retournent pour les regarder filer.

C'est seulement lorsqu'ils ont franchi le porche de l'église et après s'être signés au bénitier, que le roulier se décide à dire :

— Je veux me confesser.

Cette fois, c'est le prêtre qui ne répond pas. Il disparaît par la porte de la sacristie. En attendant, Ambroise s'agenouille sur le banc le plus proche du confessionnal et se met à prier. Quand le prêtre reparaît vêtu de son surplis et de son étole, il se lève et va prendre place.

— Je t'écoute.

Aussi calmement que s'il avouait avoir dérobé une poule à un voisin, le roulier dit :

— J'ai tué l'Emilienne et son coquin.

Le curé a un sursaut.

— Qu'est-ce que tu dis ?

Ambroise répète et ajoute :

— M'en vas t'expliquer comment ça s'est passé.

Et, posément, sans omettre aucun détail, il raconte tout. Exactement comme l'a fait Léon, le prêtre ne sait que murmurer :

— Pas possible... c'est pas possible.

Lorsque le récit est terminé, il y a un très long silence. Puis, d'une voix fort émue, le curé demande :

— Vas-tu aller à la gendarmerie ?

— J'y suis allé, je viens de te le dire

— Mais t'avais pas tué ta fille !

— Et alors, qu'est-ce que ça change ? Pour eux, elle est partie avec son coquin.

— Et tu veux dire la vérité à personne ?

— Seulement à toi. Pour avoir l'absolution avant de reprendre la route.

Le curé porte la main à son front. Ils se voient très mal à travers la petite grille de bois qui les sépare. L'horloge du clocher sonne une demie. La cloche n'en finit plus de vibrer. La porte d'entrée s'ouvre et se referme. Un pas approche sur les dalles. Il s'arrête.

— Tu peux pas garder ça pour toi, Ambroise.

— Ecoute-moi, j'suis pas venu te demander

conseil. J'suis venu me confesser. Fais ce que t'as à faire.

— Pour ça, Ambroise, y a pas de pénitence. Le châtiment, il est en toi. Va, mon fils. Mais je doute que tu puisses jamais aller en paix.

25

L'après-midi du même jour, la Julie au Braque monte chez Reverchon. Elle n'en finit plus de plaindre Léon qui se remet à sangloter. Ambroise la conduit à l'écurie où il a des choses à lui montrer à propos des soins à donner aux bêtes. Il explique où se trouve son taureau et ajoute :

— Y peut rester jusqu'à la première neige. Et même un peu plus tard tant que c'est pas trop épais. Tu peux lui mener du foin. La source gèle pas facilement. Pour le rentrer, tu demanderas au Robert Boyer. Y saura le mener.

Ce soir-là, ils sont au lit très tôt : Ambroise avec Léon, la Julie au Braque dans la chambre des maîtres où elle a refait le lit.

Le lendemain, le jour pointe à peine quand les deux hommes s'en vont. Ils montent à travers bois. Le brouillard qui progresse à peu près en même temps qu'eux est si dense que, par endroits, c'est tout juste s'ils voient le chien à quelques pas de leurs souliers.

Quand ils rejoignent Nestor dans sa pâture,

c'est une grande fête. Rognard qui l'a senti de loin part devant, bondit par-dessus le mur de clôture et disparaît. De longs hennissements montent. Sur ce versant, le brouillard est moins épais. Ils n'ont pas échangé un mot depuis qu'ils sont sortis de la ferme qui sentait bon la soupe au lard et le feu de bois. Ouvrant la barrière, le roulier dit :

— Tu verras, les chevaux, c'est quelque chose !... Et la route aussi !

La route, ils partent pour en faire beaucoup. Et ils la feront.

Durant trois longs hivers, ils roulent. L'Espagne, le Portugal. Bordeaux. Nantes. Une autre année c'est le nord. Puis c'est l'est jusqu'à Berlin. Les étés se passent à la terre. Le boisselier retrouve aussi son atelier et fabrique pour emporter.

Chaque fois qu'ils reviennent au pays, le premier soin de Léon est d'aller jusqu'à la combe où est enterrée sa femme. Ambroise ne manque jamais de s'y rendre aussi. Il constate que la terre ne porte plus trace du trou qu'ils ont creusé. Le roulier passe aussi à la gendarmerie. Au brigadier, il ne lance qu'un mot :

— Alors ?

L'autre a un geste las pour dire :

— Rien. Et vous ?

— Rien non plus.

Un jour, le brigadier ajoute :

— Le fils Lamburnay qui fait son temps à Nantes est venu en permission. Il est persuadé d'avoir reconnu votre Emilienne là-bas. Même qu'elle aurait déguerpi en le voyant. Sont peut-être partis aux Amériques.

— Tant mieux!

Le roulier passe toujours voir le curé. Il lui donne de quoi dire des messes pour sa défunte femme et pour sa fille. Un jour, le prêtre lui demande s'il lui permet d'associer le bûcheron à ses oraisons. Le roulier bondit:

— Sacrebleu! Un qui voulait me foutre des coups de fourche, mille fois non. S'il s'fait foutre en enfer, tant mieux.

— Quand je pense que même sa mère ne sait pas qu'il est mort.

Le roulier réfléchit un instant, puis, sortant sa bourse, il y prend un louis qu'il tend au prêtre en disant:

— Tiens. Tu prieras pour lui, mais à part. Tu le mélangerais avec ma fille, tu ferais insulte au pauvre Léon. Ce serait pas propre.

Ils se quittent puis, au moment de sortir, Ambroise dit encore:

— Tu comprends, le Léon, j'ai plus que lui... Tu me croiras si tu veux. Il est devenu comme mon garçon.

26

C'est au cours du quatrième été que l'accident arrive.

Durant tout le mois de juillet et le début d'août la chaleur a dominé. A peine quelques averses. Partout où des bêtes sont à l'embouche, il faut charrier du fourrage. Les sortir pour les mener boire car la plupart des mares sont à sec.

Le 18 août, vers le début de l'après-midi, Ambroise annonce :

— M'en vas porter du foin à mon taureau. Je vais voir. Si la source donne plus, je le changerai de pâture. Là-bas, c'est trop loin pour lui mener de l'eau.

Julie au Braque dit :

— Tu devrais pas y aller à pareille heure. Avec cette chaleur, y a trop d'agacement dans l'air. Faut faire ça à la fraîche.

Ambroise ne répond pas. Tout le monde sait qu'il fait toujours à sa tête. Il attelle la Grise à une voiture sur laquelle il a chargé une vingtaine de bottes de foin. Il siffle Rognard et les voilà partis sous le gros du soleil.

Au passage, Ambroise s'arrête deux fois pour donner à des génisses déjà belles mais qui risquent de souffrir un peu du manque d'herbe fraîche. Il leur promet :

— M'en vas bientôt vous sortir de là. Je me suis arrangé pour louer de la bonne pâture près du lac. Seulement, ça fait un bout de chemin pour s'y rendre.

Ils atteignent bientôt la barrière du pré qui se trouve au fond de la combe où sont enterrés Emilienne, le bûcheron de Frébuans et leur avorton. Ambroise a pris l'habitude, chaque fois qu'il vient ici, de se découvrir et de se signer avant même d'ouvrir la barrière. Rognard s'est déjà glissé sous les fils de fer. Ambroise le rappelle.

— Va pas l'emmerder. Si on veut l'emmener vaut mieux lui foutre la paix.

Le taureau se tient immobile à l'ombre du grand charme comme s'il dormait. Seule sa queue bat ses flancs. De temps en temps, il bouge une oreille.

Ambroise entre son attelage et fait virer. Il est obligé de procéder ainsi car le chemin qui finit là en cul-de-sac est trop étroit pour permettre un demi-tour. La Grise est une bête tranquille. Inutile de l'attacher.

— Rognard, tu restes là. Tu gardes la voiture.

Le chien se couche sous l'essieu arrière, à l'ombre du plateau. Son maître lui explique :

— M'en vas voir la source. Si elle donne plus

une goutte, pas la peine que je décharge le fourrage.

Ambroise s'en va avec son fouet sur la nuque et, dans la main droite, la trique de cornouiller qu'il passera dans l'anneau du taureau et qui fera office de garrot pour l'amener jusqu'à la voiture. Il coupe droit en direction de l'angle où végètent quelques joncs jaunâtres. Il passe juste à la limite de l'ombre du gros charme. Sans se déplacer d'un pas, le taureau tourne la tête et le suit des yeux. Ambroise aussi le regarde. Il lui parle doucement.

— Ça va, mon Bugeaud ! Tout beau. M'en vas voir si t'as encore de l'eau.

Ambroise n'a pas besoin d'aller jusqu'à l'angle. Tout autour des joncs la terre est sèche comme de la roche. Les sabots du taureau y ont laissé des marques profondes que des piétinements plus récents ont déjà atténuées. Le roulier remonte en direction du charme. Dès qu'il approche de la zone d'ombre, il se remet à parler doucement.

— Tout doux, mon beau, m'en vas te mener où t'auras de l'eau... Allez, viens. M'en vas te mettre au cul de la voiture. Viens, mon Bugeaud.

Le taureau n'a toujours pas bougé. Il semble habité d'un calme parfait.

— T'en as-t'y des mouches, mon pauvre vieux !

A l'instant où Ambroise parvient à sa hauteur, Bugeaud gratte deux fois le sol de son sabot avant droit.

— J'aime pas ça, mon gros. C'est pas dans tes habitudes... Allons, fais pas l'andouille.

L'énorme bête secoue sa grosse tête comme

s'il espérait tuer quelques mouches à coups de cornes.

— Ho! Ho! du calme.

Voyant l'homme avancer sur sa droite, le taureau amorce un mouvement de fuite vers la gauche, mais sans hâte, comme s'il avait peine à ébranler sa masse trop pesante. Ce déplacement l'a rapproché de l'arbre. Plus rapide que lui, Ambroise passe sur la gauche et s'avance pour empoigner l'anneau. Sa main gauche en est à peine à quelques centimètres et la droite est toute prête à y glisser la trique lorsque la bête, s'écartant d'un coup, revient sur lui et le coince entre son épaule et le tronc d'arbre. Le roulier pousse une sorte de rugissement qui se termine par un hoquet. Ses côtes brisées ont dû crever son poumon. Son bras gauche se tend en direction du mufle, mais la force lui manque déjà. Le taureau s'écarte. Ambroise porte ses mains à sa poitrine. Il a lâché son bâton. La bouche grande ouverte cherche l'air. Il aspire en gémissant et, tandis que son corps glisse le long de l'arbre, un flot de sang obstrue sa gorge.

A l'instant où il roule sur la terre dure, d'où sortent des racines, Bugeaud revient, la corne au ras du sol. Il cogne. Le corps du roulier est soulevé. Ses grands bras battent l'air. Il retombe et le taureau avance, cognant des sabots sur cette masse déjà sans vie.

Rognard, qui a hésité à quitter son poste, lance deux coups de gueule furieux et bondit. Ses aboiements effraient la Grise qui part au trot avec la voiture.

En un instant, le chien est à côté de son maître. Son vieil instinct de bouvier se réveille, son corps tout en muscles et en os se ramasse. Une détente foudroyante le lance contre la patte gauche du taureau. Ses crocs se plantent dans le jarret d'où le sang jaillit. C'est chaud et bon dans la gueule. Bugeaud recule et se secoue, sa tête va de droite à gauche, mais Rognard ne lâche qu'après plusieurs secousses. Non, il ne lâche pas. Ses canines crochetées emportent un lambeau de chair et de peau.

Rendu furieux par la douleur, le taureau oublie l'homme et tente de foncer cornes basses sur le chien. Mais Rognard feinte. En deux bonds contraires aussi rapides que l'éclair, il déroute le mastodonte qu'il va mordre par deux fois dans une fesse. Le sang gicle. Rognard en est couvert. Les mouches en tourbillons arrivent sur les plaies du taureau qui charge de toute sa masse. Le sol tremble. La combe est comme habitée d'un orage.

La Grise a trotté un moment, puis, essoufflée, elle a pris le pas et continue vers la ferme. Il n'y a pas à se tromper, le chemin ne mène nulle part ailleurs.

Le taureau est fou de rage. Il oublie la douleur. Il n'est plus habité que par l'envie de tuer cet animal qui le soûle de ses bonds incessants.

Rognard attaque, puis il se sauve. Il règle sa vitesse sur celle de son adversaire, il l'entraîne jusqu'au mur de clôture qu'il franchit sans même y poser les pattes. Le taureau bloque des quatre sabots à moins d'un mètre des pierres.

Le chien reprend son souffle. Il écoute la respiration rauque de Bugeaud qui bat du sabot sur la terre dure d'où monte de la poussière. Quelques minutes, puis Rognard bondit de nouveau et revient à la charge. Vingt fois il oblige le taureau à traverser l'embouche de bout en bout. Avec des feintes d'une incroyable précision, il est encore parvenu à le mordre à trois reprises. Il n'a jamais combattu que d'autres chiens, mais il a derrière lui une longue lignée d'ancêtres qui savaient se battre avec des bêtes à cornes.

Alors qu'il vient de franchir le mur de clôture juste dans l'angle où se trouve la source à sec, Rognard décide d'attaquer vraiment. Sans laisser à l'autre le temps de se reprendre, il revient telle une flèche. Il part comme s'il voulait de nouveau traverser l'embouche, mais son œil ne quitte pas l'ennemi. A l'instant où la grosse bête dont la fatigue alourdit les mouvements amorce son demi-tour, le chien crochète, se détend, la gueule grande ouverte, et mord à la carotide. Cette fois, le sang jaillit si fort que le chien à moitié asphyxié doit lâcher prise. Heureusement, le mur est proche et un seul bond le place hors de portée. Une fois de plus le taureau s'arrête face aux pierres. Son mufle se lève et il pousse un beuglement qui emplit toute la combe. Sa vie coule de lui à longues giclées.

Planté sur ses quatre pattes d'où le sang ruisselle également, il demeure un moment immobile. Sa masse oscille. Plusieurs minutes passent, puis ses genoux fléchissent. Il exécute une sorte de révérence et pousse un beuglement assourdi avant de verser sur le flanc. Son corps et ses membres sont encore habités de détentes et de tremblements.

Rognard franchit le mur. Il vient boire du sang puis, lentement, il va s'allonger à côté du corps inerte d'Ambroise et commence à se lécher.

A la ferme, c'est l'arrivée de la Grise qui inquiète le boisselier et la servante.

— Sûr qu'il y a un malheur !

Ils se chamaillent un moment pour savoir ce qu'il faut faire. Finalement, c'est la Julie au Braque qui impose sa volonté.

— Toi, tu montes vite à la combe, moi je m'en vais avec la Grise à Saint-Laurent chercher de l'aide.

Terrorisé, Léon se met à courir. L'idée ne lui est même pas venue d'enfourcher Nestor. D'ailleurs, il ne sait guère se tenir à cheval.

Il parvient à la combe à bout de souffle. Dès qu'il approche du corps, le chien se met à gronder. Il doit lui parler longtemps pour l'apaiser. Ambroise n'a plus figure humaine. Il est comme si le taureau avait voulu le faire entrer dans cette terre trop dure.

Le dos contre le tronc du gros charme, les mains jointes, le boisselier bredouille une prière, puis, alors que les larmes brouillent sa vision, il dit à Rognard :

— Tout de même... juste ici... juste où on les a mis... ce que c'est... ce que c'est.

Sa voix s'éteint pour renaître un instant plus tard, soulevée par des sanglots énormes.

— Milienne, pourquoi que t'as fait ça, dis... pourquoi ?... on était si bien...

Équinoxe d'automne 1990

Table

Littérature extrait du catalogue

Cette collection est d'abord marquée par sa diversité : classiques, grands romans contemporains, témoignages. A chacun son livre, à chacun son plaisir : Henri Troyat, Bernard Clavel, Guy des Cars, Frison-Roche, Djian, Belletto mais aussi des écrivains étrangers tels que Virginia Andrews, Nina Berberova, Colleen McCullough ou Konsalik.

Les classiques tels que Stendhal, Maupassant, Flaubert, Zola, Balzac, etc. sont publiés en texte intégral au prix le plus bas de toute l'édition. Chaque volume est complété par un cahier illustré sur la vie et l'œuvre de l'auteur.

ADLER Philippe
Bonjour la galère ! 1868/**2**
Les amies de ma femme 2439/**3**
Graine de tendresse 2911/**3**
Qu'est-ce qu'elles me trouvent ? 3117/**3**

AGACINSKI Sophie — **La tête en l'air** 3046/**5**

AMADOU Jean — **La belle anglaise** 2684/**4**

AMADOU - COLLARO - ROUCAS — **Le Bêbête show** 2824/**5** & 2825/**5** Illustrés

AMIEL Joseph — **Le promoteur** 3215/**9**

ANDERSEN Christopher — **Citizen Jane** 3338/**7**

ANDERSON Peggy — **Hôpital des enfants** 3081/**7**

ANDREWS Virginia C.

Fleurs captives :
- **Fleurs captives** 1165/**4**
- **Pétales au vent** 1237/**4**
- **Bouquet d'épines** 1350/**4**
- **Les racines du passé** 1818/**4**
- **Le jardin des ombres** 2526/**4**

La saga de Heaven
- **Les enfants des collines** 2727/**5**
- **L'ange de la nuit** 2870/**5**
- **Cœurs maudits** 2971/**5**
- **Un visage du paradis** 3119/**5**
- **Le labyrinthe des songes** 3234/**6**

Ma douce Audrina 1578/**4**
Aurore 3464/**5**

APOLLINAIRE Guillaume
Les onze mille verges 704/**1**
Les exploits d'un jeune don Juan 875/**1**

ARCHER Jeffrey
Le pouvoir et la gloire (Kane et Abel) 2109/**7**
Faut-il le dire à la Présidente ? 2376/**4**

ARSAN Emmanuelle
Les débuts dans la vie 2867/**3**
Chargée de mission 3427/**3**

ATTANÉ Chantal — **Le propre du bouc** 3337/**2**

ATWOOD Margaret
La servante écarlate 2781/**4**
Œil-de-chat 3063/**8**

AVRIL Nicole
Monsieur de Lyon 1049/**3**
La disgrâce 1344/**3**
Jeanne 1879/**3**
L'été de la Saint-Valentin 2038/**2**
La première alliance 2168/**3**
Sur la peau du Diable 2707/**4**
Dans les jardins de mon père 3000/**3**

BACH Richard
Jonathan Livingston le goéland 1562/**1** Illustré
Illusions/Le Messie récalcitrant 2111/**2**
Un pont sur l'infini 2270/**4**
Un cadeau du ciel 3079/**3**

BAILLY Othilie	**L'enfant dans le placard** 3029/**2**
BALZAC Honoré de	**Le père Goriot** 1988/**2**
BANCQUART Marie-Claire	**Photos de famille** 3015/**3**
BAPTISTE-MARREY	**Les papiers de Walter Jonas** 3441/**9**
BARBELIVIEN Didier	**Rouge cabriolet** 3299/**2**
BARRIE James M.	**Peter Pan** 3174/**2**
BAUDELAIRE Charles	**Les Fleurs du mal** 1939/**2**
BEARN Myriam et Gaston de	*Gaston Phébus :*
	1 - Le lion des Pyrénées 2772/**6**
	2 - Les créneaux de feu 2773/**6**
	3 - Landry des Bandouliers 2774/**5**
BEART Guy	**L'espérance folle** 2695/**5**
BELLEMARE Pierre	**Les dossiers d'Interpol** 2844/**4** & 2845/**4**
BELLEMARE P. et ANTOINE J.	**Les dossiers extraordinaires** 2820/**4** & 2821/**4**
BELLETTO René	**Le revenant** 2841/**5**
	Sur la terre comme au ciel 2943/**5**
	La machine 3080/**6**
	L'Enfer 3150/**5**
BELLONCI Maria	**Renaissance privée** 2637/**6** Inédit
BENZONI Juliette	*Le Gerfaut des Brumes :*
	- Le Gerfaut 2206/**6**
	- Haute Savane 2209/**5**
BERBEROVA Nina	**Le laquais et la putain** 2850/**2**
	Astachev à Paris 2941/**2**
	La résurrection de Mozart 3064/**1**
	C'est moi qui souligne 3190/**8**
	L'accompagnatrice 3362/**4**
	De cape et de larmes 3426/**1**
BERG Jean de	**L'image** 1686/**1**
BERGER Thomas	**Little Big Man** 3281/**8**
BERTRAND Jacques A.	**Tristesse de la Balance...** 2711/**1**
BEYALA Calixthe	**C'est le soleil qui m'a brûlée** 2512/**2**
BISIAUX M. et JAJOLET C.	**Chat plume (60 écrivains...)** 2545/**5**
BLAKE Michael	**Danse avec les loups** 2958/**4**
BOGGIO Philippe	**Coluche** 3268/**7**
BORGEN Johan	**Lillelord** 3082/**7**
BORY Jean-Louis	**Mon village à l'heure allemande** 81/**4**
BOULET Marc	**Dans la peau d'un Chinois** 2789/**7** Illustré
BRAVO Christine	**Avenida B.** 3044/**3**
	Les petites bêtes 3104/**2**
BROOKS Terry	**Hook** 3298/**4**
BRUNELIN André	**Gabin** 2680/**5** & 2681/**5**
BURON Nicole de	**Les saintes chéries** 248/**3**
	Vas-y maman 1031/**2**
	Dix-jours-de-rêve 1481/**3**
	Qui c'est, ce garçon ? 2043/**3**
	C'est quoi, ce petit boulot ? 2880/**4**
	Où sont mes lunettes ? 3297/**4**
CARDELLA Lara	**Je voulais des pantalons** 2968/**2**
CARREL Dany	**L'Annamite** 3459/**7**

3605

Composition Interligne B-Liège
Achevé d'imprimer en Europe (France)
par Brodard et Taupin à La Flèche (Sarthe)
le 11 janvier 1994. 6249I-5
Dépôt légal janvier 1994. ISBN 2-277-23605-5
Éditions J'ai lu
27, rue Cassette, 75006 Paris
Diffusion France et étranger : Flammarion